一个人想成为另一个人，

一个人不满足于只做他自己，

一个人不想生活在这样一个地方，

他想去另一个地方，

到了另一个地方又想去另一个地方……

——《星期天早上的远足》

“假设有一个外星的智慧生命来到地球，
从高处打量地球人的生活，你说，他会发现什么？
地球上的人有一个什么样的共同特点？”

——《黑夜飞行》

星期天早上的远足

A Sunday Morning Walk

星期天早上的远足

A SUNDAY MORNING WALK

苗炜 著

译林出版社

目　录

日光机场

要走的那天晚上，我坐在街角的小酒馆里要了一杯又一杯，好像要把旅行延长一些，不愿意回旅馆白白地睡觉。酒吧里的洋人说着我听不懂的话，但一个个面目安详，窗外的风吹进来，我浑身发痒，酒喝多了我就觉得痒痒，然后我又要了两杯咖啡。当天夜里，一半是酒劲儿要沉沉睡去，一半是咖啡，脑子极清醒，就这么拧巴着躺到六点，然后我就起床，收拾行李，退房，叫了一辆出租车，在城里转了一圈，然后奔机场。

以我的经验，到了机场就基本上算回到祖国了，办手续的是国航的工作人员，过安检过海关，走向登机口，身边全是咱自己人，拎着从免税店刚添置的酒、香水，操着天南地北的汉语交流购物心得，离登机口越近就越嘈杂，大家七嘴八舌地说着对这个国家的观感，说回去之后要吃水煮鱼、火锅赶紧把口味调过来。我办完登机手续，在机场的书店里转悠，书店里大多是法语书，我拿起一本畅销书翻了翻，然后又抄起一本小说看，我完全看不懂书里说的是啥，连标题都不知道是什么意思。我努力回想早年间学过的几个法语单词，翻动手里的书，想看明白其中一个句子。最终我还是溜达到英语书的书架前。等我在书店里逛腻了，晃晃悠悠地往登机口走。我越走越觉得不对劲，没有咱同伴的乡音啊，到登机口发现闸门已关闭，眼瞅着波音747滑向跑道展翅欲飞了。我看了看自己的手表，瞬间明白过来，这天凌晨欧洲人开始夏令时，啥都提前了一个钟头。我昨晚喝多之前提醒自己这个事，可喝高之后忘干净了。以我稳健的作风，要不是在书店里耽搁那么长时间肯定能赶上飞机，现在我只好隔着玻璃看着我们的班机起飞。

有一个姑娘也戳在那里看那架飞机，身边是一个小手提箱，飞机在视野中消失之后，她转过身来问我："没赶上飞机？"

"是呀，你也没赶上。"

这姑娘体态丰满，一点儿也没有和我同病相怜的意思："能在这里再待几天不更好？反正我也没想好是不是要回去。"

"别扯了，改签去吧。"

这姑娘自我介绍说叫"张艳儿"，带着儿化音，慢条斯理，干什么都慢半拍似的，我问她是打算改签，还是索性坐汉莎航空当天下午的班机回去，她却一直磨叽："你说我是回北京呢，还是再在欧洲转半个月？"我上下打量她，心想，要是和她再去意大利玩玩倒也不错，可我签证已经到期，没赶上飞机更有点儿归心似箭。我问她："你到底打算去哪儿？"

"我想去阿尔法星，可这里又没有去阿尔法星的航班，我又不想回家。"

看她那茫然的眼神，我真不知道该怎么接茬儿。这个张艳姑娘，是有什么毛病还是真能侃？不过我也能聊下去：“阿尔法星在哪儿？离火星远吗？”

“这个解释起来有点麻烦。阿尔法星可以说离地球远得不能再远，它在你所熟悉的这个宇宙之外。”她叹了口气，很认真地看着我说，“但也可以说，就在你身边，当然不能用距离来衡量。阿尔法星在一个平行的宇宙里。你们看不到这个星球，是因为我们的存在形式不在人类的五官可以感觉的范围内。如果一个真正的阿尔法人来到你身边，你感受到的不会比一阵风刮过去更多。”

我觉得她很认真地编瞎话的样子十分可爱：“你还真像一阵风，春风。”

“我说的是真的。”她的脸上有一丝烦躁，好像我是个不能理解平行宇宙的笨蛋。

“那你怎么回去？也要买机票？法航还是国航？”我问。

“这个你更没法理解，我们有自己的办法。”

她在候机厅的椅子上坐下，看着窗外的天空，离我近在咫尺，但神思早就不在这儿了。我看着她的侧脸，心想还是离她远点儿吧。我说：“你有办法回阿尔法星，我也有办法回北京。”我起身去卖飞机票的柜台，傍晚还有一个航班，我改签到这班飞机，办好手续，看看表还有好几个小时，这样我可以把所有免税店都看一遍。我在商场里逛着，漫无目的地买了几瓶香水。可那个萍水相逢的张艳总是在眼前挥之不去。也许是我刚才对她的态度太生硬了？我说不清楚。我快步回到那个候机厅，老远就看见她还坐在刚才的地方。

“我改好票了，你打算怎么办？”

她抬头看我一眼，指了指身边的座位：“你坐下。”

我顺从地坐下，她张开左手，手心中有一颗金属球，其大小如我们玩过的弹球，她说：“这个能帮我回阿尔法星。”

我仔细打量那金属球：“这是施华洛世奇的吧？做得真精致！”

张艳笑了，把金属球放到我手上：“你就这么没有想象力？”

“难道它有什么神奇的功能？”

“我不知道什么叫神奇，自打我出生，这个球就跟着我，但是我后来才发现，它能帮助我做好多事，比如我想回阿尔法星，攥着它，心里默想，我的魂儿就飘回去了，就能看见那里的建筑和人。是和这里完全不同的一个世界。”

“这完全是冥想啊，我不用攥这个球，闭着眼睛一想，我就回北京了，看见了天安门，看见了毛主席。”

这时候，我们对面一对老夫妇忽然争执起来，欧洲人讲究文明，这样的争执有些刺耳，张艳说：“我可以听懂他们在吵什么。”

“你学过法语？”

“不用学，所有的语言都不过是一种编码，你如果从更高的角度来审视，语言不是问题。”

“那我能听懂吗？攥着这个球就能听懂他们都在说什么？”

“你试一试，这取决于你自己的愿望，如果你的愿望足够强烈，它的效力就更大。”

“你可不知道我学外语的愿望多强烈！”我看着手里的金属球，它一开始有点儿凉，现在却发热，我收拢手掌，把它攥住，闭上眼睛，那个金属球好像从我手中消失了一般，我有些惊恐地想睁开眼，但就在那瞬间，机场里所有的人声涌入我的耳朵，像一片潮水将我淹没，从最远的声音开始，我先听见转机柜台里两个地勤人员在讨论昨天晚上的电视节目，然后听见一个小孩拖着自己的行李跟着父母，询问：“我们住的地方会不会好一点儿？”那些毫无意义的窃窃私语让我脑子里乱糟糟的，而对面这对老夫妻在争论旅行的细节。

“怎么样？”张艳在我耳边说。

我睁开眼睛，松开手，呆呆地说：“我听懂了。”

“你只是能听懂，但是你还不能说。”她伸出手，让我把金属球还回去。

我用手指夹着它，端详了会儿，放到她手里，然后再侧耳倾听，还是能听懂，有人在说法语，有人在说德语，还有人在说波兰语，但这些语言已经不是什么障碍，我想起自己学了二十多年英语还没学好，不由得要流下眼泪。

我说：“我还能听懂他们在说什么。”

“也没什么好听的。我可要回城里再转转了，不过，我得提醒你啊，这语言能力很快就消失。第一，你能听懂他们说的话，但你不会说，你还是只能说两句英语。第二，你只是摸了一下这个球，它赐予你的能力可以维持几个小时，然后慢慢就没了。”

张艳把那个金属球放到衣服兜里，站起身来，拿起她的小手提箱：“我走了。”

我好像面临一个选择，跟她走，弄清楚这个小金属球和阿尔法星到底是怎么回事，或者留在机场，等着下一班飞机，但那个时候我没什么可选的，我置身于一片词语的大海之中，波浪一阵阵袭来，我无力起身，只跟她挥手告别，看着她消失在川流的人群中。

我在那张椅子上又坐了半个多小时才缓过神来，周围人的闲聊已让我提不起兴致，甚至觉得有点儿无聊，难道我掌握了这么个能力，又如此迅速地厌倦？我脑子里一边接收着各类语言的信息，一边琢磨阿尔法星到底怎么回事，各种念头纷至沓来，极度兴奋，好像会晕倒一样。我决定去找个地方抽支烟平静一下。

这个机场原来有很大的吸烟室，但欧洲人跟自己作对，全面禁烟。吸烟室取消了。34 号登机口旁边有许多商店，最里面的是一个卖箱包的店，服务员向我介绍了几款兰姿的新帆布包，我能听懂她的话，傻乎乎地冲她乐。这个店后面有个隐蔽的洗手间，每个抽烟的人都有一种本能，那就是发现一个适合抽烟的好地方，不论是街角还是风景区，只要我发现一个位置，适合坐下来抽支烟歇会儿，就能在那个位置上发现别人留下的烟头。这个洗手间也不例外，入口处有好几个烟头，我靠着洗手池点上一支烟，抽了两口，就又有一个吸烟者走了进来，他岁数不小，点上烟，冲我笑了：“要飞好久啊！”

我说：“是啊。你去哪里呢？”

老头儿说：“我要去金边。”

“那可是你们的老殖民地，哈。”

他弹了弹烟灰：“你能听懂我说的？”

我说：“完全没问题，我能听懂，但我只能和你说英语。”

老头儿耸耸肩：“你们东方人总是很奇怪。你去过柬埔寨吗？”

“当然，我去过吴哥窟。”

“吴哥，恩，吴哥，你喜欢那里吗？”

“喜欢，我总希望有机会再去。”

“我也喜欢，那里有个空中宫殿，要爬上去。据说，当年的国王每天晚上都会爬上去，那上面有个九头蛇精，每天都变身成一个美女，和国王做爱，我很好奇，她每天晚上的样子都不一样吗？国王每天都和一个不同的美女在一起？那也不错。我在吴哥的时候，那里的神庙还没有被破坏得太厉害，但现在不一样，你隔几年去看一次，就会发现，这次比上次破了很多，有太多的人去那里，我真怕吴哥窟慢慢地就被完全毁掉了。”

“这么说，你去那里很多次了？”

“很多次？我记不太清楚了。我上一次去是三年前。”

这个老头儿叫让，是一位退休的工程师，在法国南部修理农用机械，他年轻的时候和妻子住在柬埔寨，七十年代回国，此后有二十多年没有去过东方。1997 年他带着老婆孩子回柬埔寨旅游，此后每年休假都在东方游历，去过埃及、越南、缅甸、老挝、菲律宾、泰国等地。两年前，他的老婆去世，他因身体原因不再工作。

“你知道佛教和印度教有什么区别吗？”让问我。我支吾着不知道怎么回答，老头儿则进入了自言自语的状态：“我更喜欢印度教，我相信生死轮回。我的老婆现在应该就在柬埔寨，我不能确定她在哪个地方，但我打算回到暹粒去看看。四十年前我们在暹粒郊外的一个村子住过大半年，自己盖了一个高脚屋，屋子外面就是荷塘。你知道柬埔寨的莲花和你们的荷花根本就不是一个品种，颜色更发紫一点，每年春天，很多蓝色的蝴蝶就会飞过我们的荷塘，那个景色实在太美了。本来我和我老婆都以为我们会在那里待下去，没想到后来那里打仗，杀人。马拉！你知道马拉吗？我们的革命家，他说过，为了人类的幸福，有时候需要一天杀五万人，有时候需要一天杀二十万人。这是我们的历史，我们这个国家杀起人来也很厉害，没想到那里也杀人。”

“现在那里很好，很安静。”

“当然，现在很好。我们在这里也很好，但我老婆死了，我总能梦见她，一个月以前，她对我说，她还是想回金边，或者回暹粒去，这样她就真的离开我，我想她转世了，也许变成了一个小姑娘，一个婴儿，也许变成了一头牛，一条狗。我不知道。我希望是一头牛，如果是一头牛，我就住在那里，和她在一起。这样等我死了，我可能会很快就变成另一头牛。”让的声音有些含糊不清，但我还是能听明白他的意思。

我说：“我不是很明白印度教，我不确定，我们都能转世吗？”

“我也不是很肯定，但这一个月，我老婆真的离开我了，我把她埋在我们村的墓地里，经常去看她，但我相信，她已经离开那里，灵魂！我是说，灵魂！”

“可是，如果你老婆真的变成了一头牛，你又怎么能找得到她呢？柬埔寨大概有一百万头牛，都是白色的。”

让从兜里又拿出一支烟，我们在这个洗手间的入口处已经聊了半个小时，老头儿显得有些疲倦了，我给他点上烟，老头儿喃喃地说：“最后一支了，要飞很久啊。”

“是的。你还没告诉我，你有什么办法找到你夫人。”

“我没有办法。我只是去找。”让说。他很快地吸了两口，洗了洗手，把烟掐灭，把凉水淋在自己的脸上：“生与死是没有界限的，这个世界有很多可能性，有一种非常确定，那就是，我要再不走的话就赶不上飞机了。”老头儿笑了，他伸出手来，我和他握手，对他说：“不管怎样，祝你好运气。”

“嗯，好运气。”

让缓缓地走出洗手间，机场的广播系统的确在说，飞往金边的航班开始登机。我又点了支烟抽上了，这时候有个肥胖的女人从厕所里出来，她一边洗手一边冲我嘀咕：“到哪里都有人抽烟！抽烟会导致阳痿，你这样已经很软了，难道还要更软吗？”她说的是罗马尼亚语，我从未听过罗马尼亚语，但这对我不是问题，我笑着对她说：“这不关你的事，反正我又不会和你上床。”那女人有些吃惊，看了我一眼，转身离去。

这股恶作剧的快感又让我兴奋起来，我忽然觉得饿，饿得要死，我离开洗手间去找吃的。这座机场很庞大，有几次转机，我在这里走迷宫一样地转悠。我相信每个机场都是一个连接点，每时每刻，大约有一百万人坐着飞机飞在天上，也就是说，如果地球忽然间毁灭了，那么有一百万人在天上不知所终。当然，这种毁灭不能来自太空，而是要像一个烂掉的苹果，地球从里面到表皮慢慢烂掉。所有的飞机都无处降落，当然，如果地球毁灭，那么它的引力场也将不复存在，可能会形成一个黑洞，所有的飞行器，都会被吸入无尽的深渊。

机场餐厅和咖啡馆都满满当当的，我转了好久，看见一家快餐厅，对着一面巨大的玻璃窗，能看见停机坪，视野很开阔，可惜里面的吃的乏善可陈，我要了一份金枪鱼沙拉，一个三明治，一杯黑咖啡，坐在一张小圆桌前吃饭。

停机坪上几架货运飞机正在滑行，有个消瘦的中年男子端着一只盘子走到我这桌。“可以坐吗？”他问。“当然。”我说。我们两个尽量压低吃东西的声音，几乎同时吃完，几乎同时拿起咖啡，但一直没有目光交流。他愣愣地看着窗外，陷入沉思。那股沉思的样子很迷人，他穿着一件不那么正式的黑西服，条纹衬衫，瘦瘦的裤子，黑皮鞋，手腕上是一只全钢的百年灵，整个人收拾得干净利落，让我有点儿自惭形秽。我猜他的年纪有五十上下，鬓角有些白发，我猜他的职业是律师或者医生，要不就是个作家。我这么盯着他看了几分钟，他忽然转过头来，发现我在打量他，我连忙道歉。他倒笑了，指着窗外：“那边，就在那边，当年协和飞机就掉在那里，一百一十三个人，全完蛋了。协和飞机后来也不再飞了，那里有一个纪念雕塑。你知道，协和飞机是一项法兰西的光荣传统，可惜它消失了。”

“你喜欢飞行吗？我看你戴着百年灵，我也很喜欢这个牌子。”

“是的，我喜欢飞行。你还看出什么？”

“我猜，你是个律师，或者是个医生？”

“律师，该死，我可不是律师。我是个医生。那么，你呢？”

我给自己脸上贴金：“啊，我是个作家，所以我喜欢观察别人。”

“那么，你还看出什么？”

“哈，我看出来你要出门旅行。”

“也不完全是，我要去留尼旺岛，可惜并不是去度假。那儿有一座天文台，我去那里看望一个病人。”

“天文台？那么你对天文学有了解吗？”

“略微知道一点。”

“那么你知道阿尔法星在哪里？”

“当然，阿尔法星是半人马座的一颗恒星，大概是离我们最近的一颗恒星，那是法国的天文学家拉卡伊利发现的，拉卡伊利是十八世纪的观测者，他起初想当一个神父，但后来对天文产生了兴趣，他主要在南部非洲一带观测天空，他绘制了南天星图。”

“有没有另外一颗阿尔法星？比如在一个平行宇宙里？”

这个法国医生把手指放在咖啡杯上，沿着杯沿转动了一圈，他的眼睛直盯着我，他把我看得有些发毛，然后他说："你这种说法和我那个病人很相似。"

"是吗？"我有些不安。

医生变得严肃起来："两年前，留尼旺岛曾经有一次流行病爆发，我们叫作'基孔肯雅'。这种病是通过蚊虫叮咬传播，患者会发烧到三十九度以上，关节疼痛，除了一些老弱病患会因为并发症去世，'基孔肯雅'并不致命。当时岛上大约有十万人患病，但死亡病例没有超过一百人。我们没有什么特效药，主要的办法就是灭蚊。我那位病人是在天文台工作，他叫罗伊，当时他发高烧，两周的时间也不退烧，他在昏迷状态下说，他观测到了另一个宇宙，那边有一个和他一模一样的人，也在天文台工作。他清醒之后还坚持这个说法，以我们现有的航天器，他说，他不可能找到他的——怎么说呢——他的兄弟，因为我们靠近那里的速度，远远赶不上它离开我们的速度，宇宙在扩张。你知道这种平行宇宙的理论并没有得到任何实际观测的支持，大家把罗伊的胡话当成'基孔肯雅'的后遗症。这些日子以来，天文台不断报告，罗伊又开始发烧，并且有精神疾病的迹象，我要到岛上给他做一个全面的评估，看来，他可能不适合继续在那里工作了。"

"那么，你怎么看待这个事情？你觉得罗伊的幻觉主要是因为疾病？"

"与其让我相信平行宇宙理论，我宁愿相信许多幻觉。我非常想知道，您为什么会相信，有另一个阿尔法星呢？"

“我遇到了一个姑娘，她说她来自另一个世界，来自阿尔法星。”我如实相告，但听起来像一个谎言。

医生嘀咕了一句：“罗曼蒂克。”

我说：“大概每个人都相信，会有另一个世界，比如，有些人死了，我们就会说，他去了另一个世界。”

“是这样，是这样。你知道圣埃克苏佩里？知道《小王子》吗？巴黎到处都卖这本书，简直是一个旅游纪念品，他很喜欢飞行，1944 年 7 月 31 日，他从科西嘉岛的博尔戈起飞，然后就失踪了，当然，他的飞机很可能是坠落了，但我相信，许多人都相信，他飞到了另一个世界。你看出来了，我喜欢飞行，我是一个飞行俱乐部的会员，会开着小飞机到处看一看，从天上看大地，那真是一种完全不同的体验。也许有一天，我们会飞越一道门，这道门就在天空之中，穿过这道门你就到达另一个世界。美国那个探险家福塞特，不是也失踪了吗？我相信，他穿越了天空中的那道门。至于说，那道门在哪里，我不知道。”

“这听着好像是战斗机穿越音障？”

“不，不是一回事。这道门与速度无关，而是取决于视角。从高处看待这个世界，这是一个了不起的视角，如果能永远保持这样一个视角，是非常幸福的。”医生看着我，微笑，“很高兴和你聊天，不过我真的要走了，希望有机会你能去留尼旺岛看一看。”

“好。不过，我还想问一句，如果真的有这样一道‘天空之门’，你想穿越过去吗？”

“当然，我想。不过不要撞到门上。保重！”

医生临别赠言是“保重”两字，这让我有点儿不自在，四周张望一下，机场里还是人来人往。我尝试着从一个高处的视角打量人群，想象自己贴在候机厅高高的天花板上，蚂蚁般的人群各有各的方向，他们走向一个个登机口，被装载上了一个古怪的飞行器，一排排呆坐着，飞机一架接一架地起飞，把他们送往各自的目的地。这样想着，我忽然失去了继续倾听、继续交谈的愿望，他们每个人的生老病死爱恨别离，他们在这个世界上的奔波都会是独特的故事，但如果你在一瞬间能听到他们所有的故事，那也会觉得太过雷同而心生厌倦。我忽然想，我也许应该早点儿回到什么都充耳不闻的状态。

这样在咖啡厅里又坐了半个小时，我忍不住好奇，想去书店看一眼我是否能读懂法语书和德语书，到了那儿沮丧地发现，我还是看不懂。值得宽慰的是，即便我当时能看懂，买回几本书，也很快就会看不懂了。我在书店里把自己的表拨到了北京时间，提醒自己这里已经是夏令时，离我的登机时间还有三小时，我索性直接去登机口待着，不要再误机了。

登机口聚集着一群日本人，这是飞往东京的航班，我找了个座位坐下，对面的一个高中生模样的小子正在玩 PSP，他沉迷于自己的游戏，他旁边坐着的是一个西方人，侧身观看着 PSP 的屏幕，他凑得太近，几乎已经趴在了小伙子的肩膀上，但那小子对周遭的反应基本上是迟钝的，浑然不觉。

“你打的这个游戏，里面对打的这些人，都是日本武士吗？都来自你们的历史吗？”西方人发问，他穿着一条牛仔裤、一件夹克，四十岁上下，手里拿着一本书和一副眼镜，显然，他起初在看书，但被邻座的游戏机吸引了注意力。邻座不知道是否没明白这问话的意思，嘀咕了一声“对不起”就起身离开。洋人脸上的表情有点儿尴尬，他把目光投向我。

我只好接过话：“应该和历史没什么关系，也并不是武士的装束。”

“你也打游戏？”他问。

“我打过一点儿，但是都是用电脑，我喜欢网络游戏。”

“这么说，你一定玩过《魔兽世界》这类游戏？”

“当然，一点儿。”

“这个游戏应该是西方背景的，你玩的时候不觉得困难吗？”

“是有点儿困难，但这和西方背景没什么关系。我很早以前玩过一个游戏，叫《凡尔赛宫》，那是讲述发生在凡尔赛宫的一起谋杀案，那个游戏要更困难，因为我并不了解凡尔赛宫。”

“我从来没听说过《凡尔赛宫》这个游戏，你能多讲讲吗？”

“那基本上就是一个介绍凡尔赛宫的光盘，你要做的就是在宫殿里走来走去，寻找谋杀案的线索，但案情并不重要，重要的是它会带着你游览宫殿里的每个房间。至少打过这个游戏，我再游览凡尔赛宫觉得亲切了不少。”

洋人笑了，把书和眼镜放下，伸出手来：“我叫皮埃尔，我是个记者，所以我总是问很多问题。我可以接着问下去吗？”

“当然，你想问什么？”

“你们是否也有那种根据历史改编的游戏？”

“我是中国人，我们会玩三国，这是中国历史上的故事，日本人也喜欢三国游戏。”

“我知道三国，我们也有类似的游戏，比如玫瑰战争。我想知道，有没有人陷入游戏里，以为自己就是历史上的一位伟人，比如以为自己是英国国王，以为自己是拿破仑，你们也有人以为自己是中国的皇帝？”

“每个人都这样以为，要不游戏怎么进行下去呢？”

“你可能没听明白我的意思。我的意思是，有没有人完全陷入游戏里，以为自己就是一个武士，或者一个巫师？”

“当然，我打游戏的时候就是个巫师。”

皮埃尔搓了搓手：“你还是没明白。这样吧，我给你讲讲我的故事。我在《巴黎人报》工作，主要是做犯罪新闻，我不是IT记者，对电脑、游戏这些东西原本没什么了解，我每天接触的事情就是这里发生了一场谋杀，那里又死了一个人，警察是怎么说的等等。”

“这工作不错。”

“一年前，警察在埃菲尔铁塔下发现了一具尸体，像是自杀，从塔上跳下来的，这个案子的处理比较简单，我就在报纸上写了一个很短的文章，你知道，埃菲尔铁塔也是自杀圣地，每年平均有四个人从铁塔上跳下来，这对我不是什么新鲜事。后来我接到一个电话，是个年轻人打来的，他说，那个从铁塔上跳下来的人不是自杀，他说：‘我是凶手，是我把他从铁塔上打下去的。’我当然不太相信这样的胡说八道，总有些年轻人哗众取宠。过了两个月，圣米歇尔修道院那里发生了一起凶杀案，死者是男性，他身上有一处刀伤，在背部，但警方并没有公布这样的细节，也就是说，公众并不知道这个男人是怎么死的，但我又接到一个电话，还是那小子，他说，是他杀死了那个人，在背部插了一刀。这下我不得不重视，我约他见面，他的名字是K，他说，还不是见面的时候。这期间我们打过两次电话，K让我注意看各国报纸，留意所有的凶杀案，这样我就收集了英国、德国、法国、意大利、希腊这五个国家一个月的案件，每天都在死人，每天都有人奇异地死去。”

皮埃尔的故事非常吸引人，我坐到他旁边，这样他能用较小的声音接着讲下去：“K终于答应见面了，他和我一一对照这一个月发生的案件，他承认这里面只有两起案子是他做的，他只杀了两个人，但他说，他大概知道所有死者都是怎么死的。”皮埃尔看着我，似乎在考量我的智力是否能够和他一起破案，以决定自己是否有必要再讲下去，我当然还没有忘记他起初对游戏的兴趣，所以很快就找到问题的核心：“这个K打游戏？”

皮埃尔点头，讲述另一条线索：“你知道有个游戏叫《邪恶》吗？”

“我从来没听说过。”

“他玩这个游戏，我后来也玩这个游戏，每个人在游戏中都会有一个角色，也许是巫师，也许是骑士，大家打打杀杀的。我觉得这个游戏很无聊，但后来我发现，这个游戏的地图设置可能和我们的真实世界有一一对应的关系，游戏中的那个世界分成四大块，我相信就是欧亚美非，当然，所有的地名都不一样。那里面有个地方叫阿拜溪，我觉得可能就是多瑙河，还有更小的建筑，比如有一座魔塔，很多游戏者在塔里打架，K 告诉我，那就是埃菲尔铁塔。可游戏里这样的魔塔很多，每个塔都有个奇怪的名字，我很难对照。我去找了这家游戏公司，他们是一家大公司，在他们看来，这款叫《邪恶》的游戏并不成功，对竞争对手没什么影响，全世界大概只有十万人玩。游戏的设计者是个英国人，他早早就离开了公司，大概挣了不少钱，我找不到这个设计者，他可能在周游世界。”

“你的推测是，K 在游戏里杀一个人，真实世界中就真的有一个人死亡？”

“这不是我的推测，这是 K 要告诉我的事实。他要让我在报纸上写的就是这个，他 4 月 11 日在尤利塔上打倒了一个人，那天就有一个人从埃菲尔铁塔上掉了下来，他 6 月 5 日在韦恩圣殿里用刀子杀掉了一个人，圣米歇尔修道院那里就死了一个人。我相信 K 是一个善良的孩子，他起初也不相信这个游戏的魔力，他找我是想印证自己的判断。那些死者都是无辜者，他们在游戏里是以魔鬼的样子出现，那个游戏里有许多魔鬼，你要不停杀下去。后来他告诉的那两起案子，都发生在意大利。”

“细节相符吗？比如说都是用刀，受伤的部位？”

“是的，都一样。”

“我想我可能还是不太明白，这难道不会是K的幻觉？或者是他的一个玩笑。他在虚拟世界里杀掉一个人，然后请你帮忙找找看，真实世界里有哪个倒霉鬼也死了，他杀了一个，你找了十个，总能差不多找到个对应的。”

皮埃尔沉默片刻，说：“我考虑过这种可能，到现在我也不相信，我在游戏里杀掉一个人，世界上就会有一个人真的死去。你知道，我为了弄清楚K的想法也在玩这款游戏，但我现在在游戏里还没有杀过一个人，我有点儿害怕。”

此时，地勤人员打开闸口，乘客排队准备上飞机了，皮埃尔把书装进包里：“走吧，我们在飞机上继续聊。”

“对不起，我不是这班飞机，我不是去东京，我要去北京。”

皮埃尔有些诧异：“是吗？那好像是两个小时以后的航班？你来这么早？”

“大概是来听你这个故事吧。我很好奇，你去东京干什么？”

“K失踪了，他的家里人也不知道他在哪儿，我查到他去了非洲，但在游戏地图里，他所扮演的那个武师在东方的一个小岛上，所以我判断，他从非洲转机去了日本，还有，那个游戏的设计者也有消息了，他在日本找到了一个新工作，我想去见见他。他的想法简直就是创世纪，而K大概也有点儿疯狂，他不愿意自己能决定他人的生死。”

“的确，疯狂。”

皮埃尔站起来和我握手告别："我希望，在搞清楚这件事之前，我不要疯狂起来。"

"放松点儿，我们东方人，大多相信，在我们周围有好几个世界。"我故作轻松地笑了笑，好像皮埃尔真的是个疯子，给我讲了个荒诞的故事。

那架空中客车装满了旅客，载着皮埃尔飞向了日本。我接着在座椅上发呆，算起来我已经有二十多个小时没有睡觉，因过度兴奋，脑子里一直飞速旋转，看着外面蓝色的天空，天空上的高积云，感到一阵强烈的眩晕。我很难说清楚自己是晕过去了还是睡过去了，这样过了好久，我听到了熟悉的乡音。

"是这儿登机吧？"

"没错。"

有一个旅游团蜂拥而至，团员们都拎着刚采购的货物，大家兴高采烈地说笑着，让我倍感亲切。汉莎航空的一串机组人员从旁边走过，每个空中小姐都高大漂亮，她们也在聊天，但我已经听不懂她们在说什么，我的心情变得愉快起来。后面的两个姑娘说起迪士尼乐园旁边的那个奥特莱斯，说下次再来索性住到那边，每天去扫便宜货。我感觉自己被一片温暖的海水浸泡着，马上要被淹没，有一股魂儿飘出了身体，穿过玻璃，消失到空中。然后，我在人群里发现了张艳，她还是拎着那个小箱子，我冲她挥手，招呼她过来坐。她走过来，坐下。"我还是决定回北京，就坐这班飞机回去。"

我说："好啊，别瞎转了。"

她点点头："嗯，我再也不想阿尔法星的事了。回去老老实实的，就待在这个世界里。"

我说："好。"

"那个球我扔在塞纳河里了。"

"好。"我随口答应着，根本就不相信她会把那个宝贝金属球扔掉，但我觉得她好像也没有说谎。

"你不相信？"

"这世上再发生什么事儿，我都相信。"

我们并排呆呆地坐着，窗外那种白花花的光线忽然变得柔和起来，窗玻璃显现出一层淡淡的蓝色，有一架飞机起飞，它的机身竟然像一面镜子，映照出地上的建筑和天上的云霞，那些形象扭曲地叠加在一起，忽然它又变成透明的，可你还能看见空气的波动。

流　水

那是一张年轻的脸，满是泪水，他长大之后，会觉得这样的哭泣非常可耻。他还会为他所爱的人一再流下让自己灼伤的热泪，他的心还会因某时某事触发而隐隐作痛。但在这个十四岁的夏天，他所知道的世界只有眼前这一个，他所热爱的姑娘只有眼前这一个，他刚从一本书上看来一个词叫“伤别离”，正好可以放在这里。如果这个时候，他把自己的痛苦包裹起来，那一定会成为一颗珍珠，干净，幼稚，纯粹。

我总记得小飞这张哭泣的脸，但仔细想想，他在我面前从来没哭过，我不知道这个哭泣的形象从哪里来，又为何如此牢固地占据我的记忆。我第一次见到他，是在初三（四）班的教室里，班主任罗青衣把赵鸣镝带进来，向大家介绍，这是我们班里的新同学，从五站地之外的另一所中学转学而来。我们鼓掌欢迎，赵鸣镝深深鞠了一躬，就坐到我前面的座位上，那本来是王小木的位子，他留级了，所以空了出来，那是我们这一列的倒数第三个座位。我坐在倒数第二个，最后一个位子是傻大红的，傻大红也差点儿留级，她头脑不太灵光，可别的地方发育得太好了，看着要比我们大好几岁。赵鸣镝瘦弱，苍白，抿着嘴，看上去非常紧张。

罗青衣在黑板上写下“鸣镝”两个字，说：“这个名字，来自毛主席的诗词《满江红》，谁能背诵出来一两句？”他环顾四周，同学们都把目光移开，受不了他那火辣辣的眼神。这位语文老师是京剧票友，演青衣，京剧表演讲究“手眼身法步”，所以他的眼神含情脉脉又犀利，我们班里几乎没有人敢和他对视，碰到他提问，更没人敢看他。有一次班里搞晚会，班干部提议让罗青衣表演一个，他给我们演的是《贵妃醉酒》——奴似嫦娥离月宫伊呀呀，不仅唱，还有步法和身段。我只见过柯湘李铁梅，哪里见识过杨贵妃？当时全班同学既不敢仔细观看他的表演，也不敢互相打量，因为两个人的目光一对上，就要笑出来。总算熬到罗青衣演完了，大家拼命鼓掌，大声叫好，因为只有大声叫出来，才能把忍住的那些狂笑换一个方式宣泄出来，否则非给憋死不可。

罗青衣料到我们不会背，自顾自地吟诵起来，他喜欢背诗词和古文，这几乎毁掉了我对古典文学的全部兴趣，“小小寰球，有几个苍蝇碰壁。嗡嗡叫”，我身后的傻大红嘿嘿地笑了起来，“嗡嗡叫”，她小声重复着，这一下班里好几个人也跟着笑，这并不是笑主席诗词，也不是笑罗青衣，而是笑傻大红。罗青衣毫不理会，接着往下背，到“正西风落叶下长安”的时候他停顿了一下，目光扫过全班，一字一顿地：“飞——鸣——镝。”

他长出了一口气，全班同学也都长出了一口气，没料想他还有下半阕：“这首《满江红》的下半阕更容易一些，赵鸣镝同学，你能给大家背一下吗？”赵鸣镝站了起来，很坚决地摇了摇头，幅度不大，但速度极快，罗青衣拍了拍他的肩膀让他坐下，这样他站在我面前忽然以极快的语速开始了下半阕：“多少事从来急天地转光阴迫一万年太久——”他又停了下来，这一次班里终于有两三个人接上了：“只争朝夕只争朝夕。”罗青衣满意地点了点头：“对，我们就是要只争朝夕，我们上初三了，马上就要迎接中考了，这是你们人生中第一次重大考验，你们要只争朝夕地学习。好了，我们开始上课！”

我觉得罗青衣对赵鸣镝的介绍过于隆重了一些，而且他没有把这首《满江红》念完，这首词的最后几句我也会背，但“蚍蜉”“鸣镝”这两个词对我来说还是有点儿生僻，一个月之后我们才给赵鸣镝起了个绰号叫“小飞”。

那是学校里组织秋季运动会，体育委员逼着大家报名，原来王小木在的时候，他总能拿个铅球冠军，他留级了，唯一的金牌选手就在我们班消失了，体育委员自己能跑一百米、两百米，他安排傻大红去跳高，安排我去跳远，然后坐到赵鸣镝的桌子上：“你擅长什么项目？”赵鸣镝反问：“还有什么项目没人去？”体育委员一下子兴奋了：“四百米和八百米，没人，你去跑四百八百吧，我给你报上名。”赵鸣镝默许了，低下头看书。我觉得体育委员这是在欺负人，谁要是能连着跑下四百八百，就会累吐血。我捅了捅赵鸣镝：“你行吗？两项呢！”他回头：“我天天都跑步。”

秋季运动会在地坛体育场召开，这个球场就在我们学校旁边，我在那里看过北京队和北京部队队的足球比赛，黄土球场，球员踢得凶猛，经常因动作过大裤衩撕裂，这时候队员就围成一圈，队医飞速拿过来一条新裤衩，那个倒霉的球员就在人圈里换。每逢这样的场面观众就大声起哄，比进了球还兴奋。那时候的比赛说是一毛钱一张票，但基本上是免费入场，而且永远是北京队和北京部队队踢，球迷们都是老百姓，自然支持北京队。我们这帮学生能有机会在这样的体育场里开运动会，再踢上两脚球，实在非常幸福。

那年的秋季运动会，艳阳高照尘土飞扬，赵鸣镝先在四百米跑上拿了个冠军，休息了会儿接着参加八百米跑，他在第一圈就跑到了第一个，速度飞快，眼瞅着双腿就迈不动了，可后面的人还是死活追不上，他拿了两个第一名，可把我兴奋坏了，后来约翰逊在奥运会上拿到了两百米和四百米两个金牌也不过如此。我们当时一致把赵鸣镝的称呼改成了“小飞”。

那个年纪的孩子被体内某种神秘的因素所驱使，每天都有旺盛的精力，总是在跑步、打闹，满脸是汗水。小飞的家离学校大概有五公里，他早上跑步上学，放学了就走回家。来回一小时。他总是很早就到学校，坐在自己的位子上念书，他很少说话，更很少主动和别人说话，他不和我们踢球，也很少笑，他身上有什么东西强烈地吸引着我，上课的时候我会对着他的后脑勺发呆，我在想，这个脑袋在想什么呢？我有点儿警惕地观察那些接近他的同学，害怕他受欺负，实际上并没什么人接近他。我总是找机会跟他说上两句话，可又知道他并不愿意和别人太亲近。他身上散发出一种孤独，这种状态我当然也有过，但还不好意思以“孤独”

来命名。有一天早上，我六点半就到了学校，天刚蒙蒙亮，小飞已经坐在空空的教室里，盯着一支灯管发呆，我站在门口，忽然明白，有些人是孤独的。

孤独，这个词汇第一次闯进我的字典并被我运用。此后，我常常陷入一种冷静的观察，轮到我值日打扫卫生，我就拖到下午五点半，学校里人都走得差不多了，格外安静，我站在窗户前向操场上看去，有个同学踢着一块石子往外走，他是孤独的吗？此刻是的，但他回到家里就不是了。还有个同学靠在自行车上发呆，他是孤独的吗？此刻是的，但他的同伴从存车棚里出来，他就不孤独了。罗青衣也下班了，他刚给我们讲解了“先天下之忧而忧，后天下之乐而乐”，此时用报纸卷着几根芹菜，迈着细碎的步子，像在一片水面上浮动，他是孤独的吗？嗯，他很可能也是个孤独的家伙。我还看见了教导主任赵狗子，他永远像一条狼狗似的在学校里巡查，他肯定不会孤独。

谁是这个学校里最孤独的人呢？我的观察结果是老邱，他是我们的数学老师，戴着一个黑框眼镜，头发略乱，穿着中山装，连风纪扣都扣着，他上课的时候带着蓝色的套袖，同学们行完礼，他就把套袖套在胳膊上，下课的时候再摘下来，抖落上面沾上的粉笔灰，每次在楼道里、操场上见到老邱，我都会驻足：“邱老师好！”他也会停下来说一句：“你好。”他大概不能叫上我的名字，我怀疑，整个班整个年级，老邱叫不上任何一个学生的名字。他从初二下半学期给我们上课，其结果就是班上有一半同学的数学不及格，这不是说他教得不好，我非常喜欢上他的课，他把套袖套上之后，拿起粉笔，在黑板上写下一道题，然后他就开始写解题的步骤。一般来说，那都是一道很难的题目，看着感觉无从下手，老邱却一步步地写出了答案，他屁股对着我们在黑板上解题，这种时候一般会有半个小时，剩下的时间他才会面对我们开口说话。他说话没逻辑，如果你能看懂他是怎么解题的，你就明白了他要讲什么，回家看课本看习题集，会发现上面的题目比老邱写在黑板上的容易多了，但如果你只听他讲课，你完全不知道他在说什么。他结巴，讲着讲着就停下来，想上那么一分钟，又开口去讲另外的事情。他在黑板上写解题步骤时也会停下来，把粉笔放在嘴边，屁股顶住讲台，对着黑板陷入沉思。他会这么想上五分钟甚至更长，同学就会拍桌子，老邱不回头，听到后面的吵闹声就把黑板上的一切擦掉，说："重新来。"

老邱面对黑板的时候，我也会停下手中的笔不再做笔记，我觉得他那沉思的样子特别美。小飞第一次上老邱的课应该感到有些惊讶，那堂课结束的时候他扭回头来对我说："有意思。"我就给他介绍老邱："他可厉害了，他上学的时候拿过北京市中学生数学竞赛的第一名，后来'文革'就没法上大学了，要不然他肯定是陈景润。"老邱是这座学校的骄傲，他的确在这个学校上到高二，的确拿过北京市数学竞赛的名次，可惜他的学生中没有一个能去参加数学竞赛。有不少同学不喜欢老邱，说听不懂老邱讲的数学课，然后就有家长去校长办公室告状，说这样下去孩子们中考的数学成绩肯定糟糕，我们年级四个班，只有我们班是老邱上课，另一个教数学的孙老师要给其他三个班上课。

老邱很少收作业很少做测验，这一点让人喜欢，不过他最终还是被孙老师换了下来，被安排到了总务处，他给我们上的最后一堂课还是只写了两道题，然后他擦干净黑板，脱下套袖，用很低的声音说："最近出了一本书，是再版的，叫《大代数》，你们去看看。"没人搭腔，老邱接着说："还有一本书，《从一到无穷大》，我上学的时候看过，你们去看看。"还是没人搭腔，他就说："下课吧。"

这之后我只能在总务处见到他，班里没粉笔了，笤帚坏了，我就跑到总务处那间小屋子里去拿粉笔领笤帚。老邱在那里永远戴着套袖，他在一个大厚本子上记录着每一盒粉笔每一把笤帚的去向，进到里面的库房里给我拿出粉笔和笤帚，那个大厚本子没有代数或几何的符号，只是一串串阿拉伯数字，这样的题目对老邱来说可能太简单了。有几次我想找出一道特别难的题目去向老邱请教，可老邱根本不认识我，不知道我的名字，这让我的自尊心有点儿受不了。孙老师的数学课果然讲得好，他条理清楚，每隔十分钟就会问一句："听明白了吗？"如果有人稍微表示疑惑，他就掰开了揉碎了再讲一遍，他声音洪亮，板书工整，批改作业很认真，然而我觉得他太啰唆。后来我在逛书店的时候看到了《大代数》，就买了下来，那是一本很厚的书，里面大概有一千道题，我没有几道会做的，但我背着这本书到学校里向小飞显摆："我买了本《大代数》。"他点点头："我买了那本《从一到无穷大》。"

在小飞来之前，我的成绩在班里差不多是第三名，数理化三科考好了，我能拿 300 分，英语和语文能得 90 分，政治只能得 70 分。政治是我最不喜欢的课程，任老师讲课的时候很端庄，双手握在一起放在小腹之下。后来我才知道，好多干部都愿意摆出这样的造型，但当时我们给他起的外号是“任意球”，因为他那样子太像是护着裤裆、排人墙的足球选手了。任意球先讲原始社会、奴隶社会和封建社会，然后说我们都会进入共产主义社会，从初二开始讲中国最近一百多年是怎么被人欺负的，他讲英国舰队驶向大沽口，我听着好像他们要来学校门口抢钱似的，他讲英法联军欺负我们，讲日本欺负我们，讲八国联军欺负我们，然后说现在的外国也欺负我们，所以我们要好好学习报效祖国。陈景润那么了不起都没拿到诺贝尔数学奖，就是因为外国人欺负我们。当时我是打算给中国拿一个物理学的诺贝尔奖的，或者是生物与医学奖，所以我知道，诺贝尔没有数学奖，我满是疑惑地举起手来，怯生生地说：“任老师，诺贝尔好像没有数学奖。”班上有几个同学窃窃私语：“就是啊，诺贝尔好像就是没有数学奖。”任老师笑了：“是吗？我说陈景润怎么没拿诺贝尔奖呢？坐下吧。”我坐下来，任老师继续讲我们要好好学习报效祖国，不能骄傲自满，不能数理化成绩好了就不重视政治。这是初二时候的事，从那以后我的政治课就再也没有上过 80 分。初三的时候他开始讲“十二大”，我根本就听不懂他在说什么，而且我认为，如果一个人连诺贝尔有没有数学奖都不知道，我就没必要再听他说什么。

班长和学习委员轮换占据成绩第一的位置，两个都是女的，她们的三项文科都在 97 分以上，三项理科也都在 95 分以上，所以我对追上她们不抱任何希望。但两个多月的学习之后，我忽然觉得，小飞能在期中考试上拿全班第一。学习好的学生都会得到老师的偏爱，都会享有一点点特权，但我发现小飞一点儿也不想和哪个老师有过多的来往。他在课堂上很少回答问题，也不会在课间去向老师请教什么。他喜欢化学实验，我对氢气的可燃性、氧气的含量没有丝毫的怀疑，所以根本就懒得动手做实验，可他拿起试管、烧杯什么的就很高兴，他做实验的时候动作麻利，哪怕拿着一瓶子盐酸或者硫酸，也不会紧张。

傻大红一到快考试的时候就紧张得要命，每天上课她的双腿就在我后面抖个不停，她个子高，两只脚老是踏在我的椅子腿儿上，她这么一抖，我就跟着哆嗦，我回头说："别抖了！"她停下来，过了会儿再接着抖，如果老师提问，她站起来就不抖了，但回答问题的声音颤颤巍巍的，我都怀疑她会尿裤子。孙老师考前复习，在黑板上徒手画了个圆，他这个本事的确强悍，不论多大的圆圈，他都画得又快又圆，不像老邱要用圆规，他让傻大红上去解这道题，傻大红磨蹭着走上前，用了五分钟写出答案，孙老师点头夸奖："期中考试的难度范围就在这里。同学们，看见没有，连大红都能把这道题做出来，你们还担心什么？"全班同学高兴得笑了，所有人都明白，傻大红上台被当成智力最差的标本来给我们树立自信。傻大红脸微微有些发红，也在笑，她坐回座位，那一节课的后半段双腿再也没抖。

其实，傻大红并不害怕数学或物理，她最怕的是英语。两年多的时间，我从来没听她张嘴念过英语，我曾经翻看过她的英语课本，她在每个单词下面都用几个汉字注音，fill 的注音是"飞奥"，feel 的注音是

“飞一奥”，我晃悠着课本：“你还真有本事，你飞奥你飞一会儿再奥！”大红抢过课本用它拍我的脑袋。在课堂上，英语老师小刘不止一次晃悠着她的试卷说：“大红，你可真是大红，全是红叉子，选择题你都能错一半！你可真有本事！你怎么连蒙都不会蒙呢？”这次期中考试之前，傻大红又被羞辱了一番，小刘伶牙俐齿：“大红，我再一次告诉你，王小木留级之后，你是唯一一个英语不及格的同学了，你每次测验、考试都不及格，你花时间学习了吗？你早自习都在干什么呢？你这次再不及格，我看你别叫大红了，你还是叫大傻吧！大家这么叫你真没什么错！”小刘说这番话时，傻大红的腿在后面哆嗦得厉害，连我都跟着抖动起来。我回过头，看见她趴在桌子上，脸埋在胳膊里，小刘不依不饶：“你哭什么？你有本事哭，就没本事学好！”傻大红哭出了声：“你骂人，老师骂人！”小刘被傻大红的哭声搞得不耐烦了：“好，你这次考试要是及格了，我给你鞠躬道歉！你要是不及格……”她没说下去，但全班都明白，她要是不及格，老师就骂得没错。

我当时觉得，小刘老师欺负傻大红是因为她有点儿傻，我们欺负傻大红也是因为她的确有点儿傻，后来我渐渐明白，傻大红之所以老被欺负还因为她家里穷，那时候谁家也不富裕，但大红显然更穷。她的外套一个月也不会换一回，她爸爸是个修自行车的，她妈妈在街道的一个小工厂里踩缝纫机。她还有一个弟弟，好像也够笨的。

考英语那天，傻大红的腿从一早上就开始抖，我回头警告了她三次：“你再抖我就把你的腿剁下来！”但这样的警告也不起作用，小刘老师监考，她抱着卷子进来，每份试卷有四大张，我们安静地做题。半个小时之后，我的腿被扎了一下，然后又一下，小飞用铅笔在扎我，我心领神会地把手放到课桌下，接过来他递的纸条，攥在手心里，小飞做出一个伸懒腰的动作，仰起头往后伸展，我明白了他的意思。似乎为了表示对傻大红的不屑，小刘老师在监考过程中没向我们这个方向打量一眼，她坐在讲台后面看书。傻大红的腿还在抖，我的手贴过去，咳嗽了一声，她停止了抖动，双腿夹紧，我确信那张纸条被她夹在了双腿之间。

那次期中考试成绩公布的时候，小飞不出我所料地拿到了全班第一，他的数理化一共得了 297 分，英语 100 分，政治 98 分，语文 95 分，这是一个不可思议的成绩。他压过了班长和学习委员，成为大家心目中的英雄。傻大红的英语成绩是 85 分，她不加选择地把那张纸条上的全部答案都抄了上去，因此，小刘老师非但没有给她道歉，反而再次羞辱她，她把所有人的试卷都发了下去，唯独留下大红的："大红？ 85 分？你这个成绩真不错，说说，你用的是什么手段？"她眼睛斜睨着，傻大红举起一块橡皮："我用的是这个！"小刘一个箭步走下讲台，来到傻大红身边，那块橡皮被切成方形，改造成了一个色子，有四个面用蓝墨水分别写上了 ABCD。

班里面很快就有流言，说我和小飞彼此作弊，还帮助傻大红作弊，我相信班长和学习委员肯定向小刘老师和罗青衣打了小报告。有一天放学，我和小飞一起去地坛公园，路上我问他："罗青衣找你谈话了没有？"小飞说："没有啊。"我告诉他一定要小心罗青衣："你等着吧，罗青衣一定会找你谈话的，就算不说考试传纸条的事儿，也会和你谈更恶心的话！”“谈什么更恶心的话？”我告诉小飞，罗青衣找班里每个男生都谈过，谈遗精，谈手淫，他用一种特别婉转的方式去询问细节，弄得每个人都非常窘迫，最后这成为大家一个心照不宣的事儿，要是哪个同学忽然被罗青衣叫去，他回来的时候就一定会有人问：“你被谈过了？”被问到的人会不好意思，但大家嘻嘻哈哈的也就应付过去。小飞听了这些话默不作声。

地坛公园里有许多古树，深秋时节，落叶在地上积攒得很厚，我们踩在上面，像踏着一层厚厚的地毯，我们走到树林中间停下，这时候感觉四周的树把我们包裹起来，宁静又安全，小飞忽然开口：“你能帮我做一件事吗？”我看着他，毫不犹豫地答应：“你说。”

“有人会给我写信，但我在学校里不方便收信，我不想让罗青衣知道我收到过信，所以，我想让你帮我收。来信会写你的名字，你转给我，但你不能偷看。”

“好，没问题！我不会偷看的，也不会弄丢的。”

那时候，一封来信是郑重其事的，学校传达室外有一块小黑板，每天哪几位同学收到了信，小黑板上就会写上他们的名字，他自己没看到，别人也会留意，告诉他“传达室有你的信”。全学校都会知道你收到了一封信。我们年级有个女生，参加过合唱团，去过苏联表演，她收到的信最多，还有外国人给她写信。从来没有人给我写过信，我参加过《中国青年报》的知识竞赛，把自己的答卷寄出去之后，天天盼着报社能给我发得奖通知，我还给《北京晚报》写过信，对他们的“五色土”副刊提出意见，他们也从来没有给我回信。接到小飞这个任务之后，我非常焦急地等待那封神秘的来信，盼望着我的名字出现在小黑板上，每个同学都会在小黑板上看见我的名字。我不仅可以有一份神秘——你们不知道是谁给我写的信，还可以保持另一份神秘——你们也不知道这封信到底是写给谁的。我等了一个星期，没有来信，我向小飞询问，他说，不着急，很快就来。信果然很快就来了，每周一封，每周一的中午或者周二的早上，我会看见自己的名字出现在小黑板上，我走进传达室去拿信，然后擦掉小黑板上我的名字。白色的信封，左下角是一株山茶花，寄信人那一栏写着“本市”，信封上的字非常工整。我每次都把信偷偷交给小飞，夹在一本书里，或者在厕所里递给他，这样我们好像在分享一个秘密。

第六封信来到的时候，我遇到了麻烦，那是周二的早上，我看见小黑板上照例有我的名字，我走进传达室，取了信，刚要往外走的时候，教导主任赵狗子进来了，他一进门就堵在了门口，我心跳得厉害，但还能装作若无其事：“赵老师好。”赵狗子盯着我手里的信：“最近你收到的信很多啊，是什么人给你写的信？”我回答：“我的小学同学。”赵狗子盯着我的眼睛，让我不寒而栗，他盯着我看了一分钟，我有点儿慌神儿了，我一直非常怕他，从来不敢和他有丝毫顶撞。关于赵狗子，一直有一个吓人的传说，说他会发羊角风，一年前曾经发作一次，他会自动原地转圈，直到自己晕倒为止，还口吐白沫，同学们私下里这么传，但谁也没亲眼看见。这本来可以成为他的笑柄，但没人敢拿这个来取笑他，说起赵狗子的癫痫病好像赵狗子是吸血鬼一样，我看着他的眼睛，害怕他忽然原地转圈口吐白沫。赵狗子看着我说："你把信拆开看看。"我委屈，不争气的好像要哭出来："这是我的信。"赵狗子说："我知道这是你的信，我不会拆你的信，我要求你自己拆开看，如果没有什么见不得人的，你就当着我的面拆开来看。"

我哆嗦着，想违抗命令，然后听见他低沉地重复了一句："拆开看！"我忍着泪，撕开信封，摊开信纸，我看见了第一个字，如五雷轰顶，我看见了落款，如晴天霹雳。那是两个英文单词，日后我们会重复使用一万次，会变得毫不稀奇，会变得平庸，会是普通的客套，开头那个字是"Dear"，落款是"Yours"。那是第一次，我打开一封信，看见有一个人管我叫"亲爱的"，第一次看见有一个人说"你的"。尽管我们当时已经学过用英文写信，但真看到这两个词，还是会把它转换到中文语境，"你的""亲爱的"。我完全忘了这封信根本不是写给我的，我手里拿着这张薄薄的信纸，想把它贴在胸膛上，我的眼泪涌上来，不是害怕，而是为那两个单词，"亲爱的""你的"，仿佛一个女生贴在我的耳边，轻轻地念出来"亲爱的"，然后是一片沉默，然后她又说"你的"。我镇定下来，看着赵狗子，这封信让他看一眼都会是一种玷污，我的谎言沉稳老练："这是我的同学，我们两个写信练英语。"赵狗子盯着我，我坦然地迎向他的目光，直到他退缩："你上课去吧。"走出传达室的时候，我的眼泪还是流了下来，好像世间真的有了这么一个人，是"我的亲爱的"。

小飞得知赵狗子查问来信一事，倒出奇地镇静，他在我面前看完那封信，收在兜里，他的镇静让我对赵狗子的恐惧完全消失了，剩下的只是对小飞的羡慕——他有个女朋友。我知道那是一封情书，对里面的内容充满好奇。那封信里还有几个单词，是我一瞥之下看见的，它们慢慢浮现出来——冬天，树，雪，鸟。这几个词好像是一首诗，我的脑子里能出现几棵孤单的树，空空的枝杈，冬天的太阳像一枚硬币挂在灰蒙蒙的天上，盯着它看，就会觉得我们都生活在一个山洞里，太阳是洞口透露的一片光。我还能想象出一片雪，落在地上还没有融化，还能听见几只小鸟的鸣叫。这几个意象让我有些恍惚，有些忧伤。

我觉得小飞应该把那封信给我看看，告诉我写这封信的人是什么样子。她应该梳着两条大辫子，穿着白衣服黑裙子——我在电影里看到过这样的女学生，她沿着北京的老城墙散步，会背诵好多古诗，像《青春之歌》里的林道静——这样想着我自己也觉得荒唐。很快，我就见到了写信的人，她和我想的不太一样。

地坛公园北门新开了一家旱冰馆，是由一个大防空洞改造而成，门口总聚集着一帮坏小子，穿着大喇叭裤，叼着烟，我有点儿害怕那个地方，王小木经常在旱冰馆晃悠，那是他喜欢的地方，他不喜欢学校。我也不喜欢学校，但只要待在课堂上能把考试题都做出来，我也不会害怕学校。沿着入口往下走，渐渐有股潮湿的味道，防空洞有几个小岔道，但最主干的一条被改造成了一个圆形的滑道。滑道外侧摆着长板凳，我和小飞在板凳上穿旱冰鞋，那时候还没有轮滑鞋，所谓旱冰鞋就是一个铁片下面镶着四个轱辘，再绑在脚底下。我们晃晃悠悠地站起来，挪着步子往前走，滑倒在地，再站起来，没几下就大汗淋漓，我刚找到平衡，能往前走两步的时候，小飞从后面又撞向我，两个人都摔倒在地，哈哈大笑。这么狼狈地再爬起来的时候，有个姑娘滑到我们身前，很麻利地停下，她看着小飞说："你来了。"我从一个仰视的角度看到她，她穿着一条小喇叭裤，裤脚微微张开，不像那些夸张的七寸喇叭口，会被老师发觉勒令剪开，一双白色旅游鞋，一件红色毛衣，她的头发很短，由于出汗，有几绺头发贴在脸上，她的脸微微发红，小鼻子，大眼睛，说话的时候连眉毛都好像在跳动，她的胸前略有些起伏，在运动之后调整着呼吸，她伸出手把小飞拉了起来，然后又把我拉了起来，她的手热乎乎的。"这是崔营营。"小飞说。她看着我，笑了："我的信都是你转交的吧？"那封让我忧伤的信是她写的，可她身上没有一点儿忧伤的元素，甚至还有一股假小子的味道。她跟我想象的一点儿也不一样，我傻呵呵地乐了，不知道说什么好。营营拉起我的手："来，我教你们滑。"

半个小时之后，我坐在长凳上休息，看见小飞和营营并肩滑行，他们手拉着手，速度一点点加快，小飞有时会歪向一旁，但营营能很快帮他调整过来。她有时候用一只手牵住小飞，有时用双手揽着他，不管他怎样踉跄着，营营都不会撒手。他们在滑道中央滑行，速度不快，总有人超过去，发生一点儿碰撞，但他们不避让，也不打算滑向边缘，滑过几圈之后，他们两个变得轻快了。营营在前面滑，小飞揽着她的腰跟在后面。他们连着滑了十多圈之后也在长凳上坐下，营营说："我去买点儿瓜子吃。”

看着她离开，我想向小飞多打听点儿细节。但他已经把他的女朋友带来给我看了，这是一种最亲密的表示。因此我觉得也没必要多问什么。营营捧着一袋儿瓜子回来，坐在我和小飞中间，我们嗑瓜子，看着眼前的人不断滑过去，听着吵闹的迪斯科音乐，我问营营：“你还接着写信吗？”营营的牙很白，嗑瓜子的速度很快，她攥着手里的一团瓜子皮儿，说：“当然，什么也不能把我们分开。”

可是下一个礼拜，我没有等到崔营营的信，再下一个礼拜也还是没有，小飞说，一切正常，我们还是准备好期末考试吧，我郑重邀请小飞，考完了和营营一起去我家玩。那时候，学习对我们来说是一件很轻松的事，我们盘算的是考到哪一所高中去，小飞说他要去清华附中，这样可以住校，而且至少可以在清华住七年——高中三年，毕业之后直接在那里上大学，四年，如果上研究生就再住三年，然后再出国去拿博士。

我还没有这样长久的打算，只想到一个好点儿的高中，没有赵狗子、罗青衣这样变态的老师，我也没想好是学文还是学理，小飞的理想是当工程师，我问他：“营营想学什么呢？她也想去清华吗？”小飞说，营营想学化学，她要当居里夫人。

居里夫人，这是我们的偶像，教室的墙壁上就贴着她的语录——“科学就是把幻想变成现实”。这句话用楷体书写，印刷品，挂在墙上从来都是冷冰冰的，但小飞给我看的笔记本，扉页上抄录着居里夫人的另一句名言——“我们必须有恒心，尤其要有自信力！我们必须相信我们的天赋是要用来做某种事情的，无论代价多大，这种事情必须做到”。我不知道小飞要做的是哪一种事，但看见他工整的字迹之后，对墙上的语录也不再反感，那上面有一条是马克思说的——“在科学上面没有平坦的大道，只有不畏劳苦沿着陡峭的山路攀登的人，才有希望达到光辉的顶点”。这句话让我产生幻觉，好像应付那些讨厌的作业是在搞科学研究，还有一句话是高尔基说的，我觉得好笑——“我扑在书上，就像饥饿的人扑在面包上”。

期末考试小飞照例考到全班第一，全年级排名第二，我隐隐地感觉到，他完全没必要去争夺那个年级第一的位置，他的心智远比我们成熟，他所想的并不只是拿几个满分，他将献身于科学研究，为中国拿诺贝尔物理奖的重任很可能要落在他的肩上。

寒假开始的时候，我和小飞一起去火车站送崔营营，她的父母在西安工作，她要去西安过春节，平常在北京她和爷爷奶奶一起过。我那时候还没有出过北京，听说她要坐三十多个小时的火车，有点儿吃惊，那次火车站送别，小飞哭了吗？我不敢肯定。在我的记忆中，火车站里浮动着许多张脸，都麻木的没有什么表情，小飞满是泪水的面孔不应该出现在这里。我们买了站台票去送营营，坐在车厢上我觉得兴奋，我说：“我们要是一起去西安玩多好啊！”营营说：“好啊，我们可以半路下车去爬华山，爬完华山你们再回来！”我盘算着到华山估计也要二十多个小时，就提议暑假一起去河南的少林寺看看。小飞对我们的计划不置一词，他站在走道上，看着营营，他立在站台上，看着营营，营营手里有一条毛巾，她从车窗里探出身来，挥舞着毛巾：“过完春节我就回来了。”

那个下午，小飞去我家玩，他翻看了我的藏书，有一本列车时刻表看得最仔细，他一边翻一边念叨，营营到河北了，到石家庄了。小飞和营营是上初二的时候好上的，他们一起去过动物园、植物园、香山、颐和园、天文馆，他们传纸条，纸条上抄着莎士比亚的诗，这些都被老师发现了，“你这孩子，小小年纪就会勾引女生”，小飞说，这句话让他最为恼火，他不明白老师为什么要用“勾引”这么难听的词。同样难听的词还有“萎靡”，大意是说一个人总想着男女关系，陷入白日梦，我跟小飞说，赵狗子也爱用这些词，他曾经用“风骚”来骂二班的一个女生，用“颓废”来骂三班的两个男生。小飞问我，喜欢班里的哪个姑娘。我向他承认，我原来挺喜欢班里的学习委员，但有一次事故让我们反目成仇。那是一次课间休息，我翻她的书包找英语词典，她总带着一本厚厚的词典上学，词典找到了，书包里还有个东西被我翻了出来。那是一条神秘的布带子，类似于T-BACK，少女到了月经期，总穿上那玩意儿，上面有个机关可以卡住长条的卫生纸，八十年代初还没有卫生巾这概念，大大小小的妇女都会有这么几条T-BACK，有人管这东西叫“马”，谁穿着这玩意儿就叫“骑着马”。我从学习委员书包里翻出这东西的时候还不知道这是干吗使的，她刚好从外面回来，满脸通红地从我手中把词典夺了过去，她哭了。罗青衣因此把我臭骂了一顿，他给我定性是“耍流氓”，这让我非常委屈。不过后来王小木向我解释了那根神秘的布带子的用途，解释了为什么体育课上总有几个女生可以不参加长跑，我明白了学习委员为什么会恼怒，但不打算请她原谅，我们之间那种朦胧的好感就此消失。

小飞听了我的隐私，在我的床上笑得直打滚儿，他说："你可太笨了！"我承认，我在男女关系方面不太开窍，但也有过一次危险的冲动，有一回我躲在学校外面，特别想摸二班被赵狗子骂作"风骚"的那个女生。我当时很冲动，想着一看见她我就拦腰抱住，我非常肯定她不会骂我"耍流氓"，即使她要骂，那天我也打算不管不顾死活要摸上一把，我躲在一个黑漆漆的街角，左等她不来右等她不来，最终我失去耐心回家了。我的确属于开化较晚的那类人，我相信，要是喜欢一个女生，就应该先给她写信，写"君住长江头，我住长江尾，日日思君不见君，共饮一江水"。或者写"两情若是久长时，又岂在朝朝暮暮"。然后，就可以两个人牵着手在夕阳里漫步，然后是亲吻，然后我就不知道干什么了。

那天下午的后半段时间，小飞一直在帮我改造一个"科学实验小作品"，那是一个 20 厘米高的小秋千架，有个小毛猴在上面荡秋千，其原理是正负电极之间的排斥与吸引，通上电之后，小毛猴就会不断摇摆。小飞的动手能力比我强多了，他把电路规整得更漂亮，拿着电烙铁像拿着一支笔一样轻松。

在我父母下班回家之前，小飞告辞了，他没有约我去他家玩，也没说定啥时候再来我家。那个寒假我们没有再见面，但那二十多天我过得格外有意义，我明白了爱，我想着我会爱上谁呢，我能抱着她吗？我明白了创造，那个毛猴子荡秋千，从哪个角度看都是一个完美的作品，它证明了物理学中的一个基本定律。我明白了学习，那本《大代数》仔细看下去并不是很难，我还明白了见识世界，营营去的西安有兵马俑，有秦始皇陵，应该比我看到过的十三陵和东陵更气派，那里还有华清池，是杨贵妃洗澡的地方，还有大雁塔，那里离北京有一千多公里，我想我会去看一看，然后再去洛阳和开封看看，再去罗马看看。我很想去找小飞玩，但见不着他，我也不觉得寂寞，一个孩子要是能明白爱、创造、学习和见识世界的价值，就不会寂寞。

多年之后，我看一个电视片，一位建筑师要设计一所学校，在开始设计之前，他问自己一个问题：对学生来说，学校里最重要的是什么？他的答案是：课间休息。所以他设计的学校有一个敞亮的小广场似的空间，供学生在课间休息的时候交流。我可以套用这个思路，上学最重要的是什么？是假期。这时候可以在家看好多书，可以完成“自我教育”，可以把在学校里吸收的那些毒素缓慢地释放出去。

开学第一天，大家吵吵闹闹地相互问候，随即呆坐在教室里开校会，墙上挂着的音箱里传来校长的陈词滥调，傻大红趴在桌上打瞌睡，小飞在下面摊开一本书看，广播站的喇叭忽然尖锐地叫了一声，换成教导主任赵狗子讲话了，他宣布了一个让我们惊讶的消息——由于王小木多次旷课、打架、参与流氓团伙活动，学校决定将他转送到东城工读学校。赵狗子说，这是一个坏典型，希望同学们引以为戒，不要走上违法犯罪的歪路。

教室里立刻叽叽喳喳地议论起来——王小木在我们班的时候，是有些调皮捣蛋，上课不听讲接下茬儿，也曾和人打架，但他的行为好像和违法扯不上联系。即便他蹲班了，旷课，跑到旱冰馆门口抽烟，向过往的同学们抢个一两毛钱，我也没觉得这是犯罪。傻大红捅我：“他干什么坏事了？”我回头：“不知道。”傻大红嗓门很高地说：“赵狗子这是欺负人！”

平常我们都把赵主任叫成“赵狗子”，但没人敢在教室里这么明目张胆地喊出来，傻大红这么一叫，班里面一片附和——赵狗子真厉害，赵狗子真不是东西，罗青衣在讲台后面坐着，有点儿惊讶地抬起头，他大概没想到同学们会这么大胆地说出这个人人皆知的外号，他敲了敲讲台：“安静，安静！”

班里最安静的是小飞，他的目光始终没有从那本书上移开，他来的时候，王小木已经留级，所以他和小木没有任何接触，他坐的座位就是小木留下的，原来小木总在考试的时候回头抄我的试卷，然后向我许诺：“谁欺负你，你就告诉我，我去揍他！”有了他的保证，我还真不怕校门口偶尔出现的那几个流氓。小木这一次害怕不害怕工读学校呢？那里面据说有好多小偷，好多能打架的流氓，小木能对付他们吗？

不过，我没有太多的时间为小木发愁，要想考上一个理想的高中，我必须把我的政治成绩提高到90分左右，我在假期里想明白一个道理，不能因为政治老师任意球是个混蛋，我就考不出好成绩，即便他教的那些东西都是胡说八道，我也要背下来。傻大红在假期里也偷偷用功了，她的英语在第一次的课堂测验上终于及格了。她说，她准备考一所技校，然后到工厂里当一名工人。两个星期之后，没有人再议论王小木，赵狗子依然在学校里巡视。我觉得他的样子非常滑稽，他能把一个学生驱逐出学校，但班上好多同学都想离开这里，成绩好的要考重点高中，成绩差点儿的要去上职高、技校，留在这里继续上高中的都显得很无奈。小飞基本上恢复到了独来独往的状态，和我也不那么亲密，我问他，营营回来了吗？他说，回来了。我问他，营营还写信吗？他摇头。有天放学之后，我和他一起去地坛公园，我担心他失恋了，担心那个崔营营从西安回来就变了心。

天阴沉沉的，有风，走过公园的第二道大门，有两个大个子忽然把我们拦住，他们一个穿着军大衣，一个穿着皮夹克，皮夹克把我隔在一旁，那个军大衣问小飞："你叫赵鸣镝啊？"小飞脸色发白，点头。我在旁边挣脱着说："误会了，误会了。"皮夹克回手给我一个嘴巴，"没你的事，别吵吵！"这一巴掌打得我眼冒金星，军大衣接着问："知道为什么找你吗？"小飞不说话，不点头也不摇头，我大叫："快跑！"说着我就先跑开，我当时以为这一招足够聪明，小飞四百八百都能跑下来，他只要肯跑，这两个大个子未必追得上，等我跑出几十米后回头看，那两个小子已经动手了，他们把小飞打倒在地，正一脚一脚地踹他，我赶紧往回跑，使劲推开那两个大个子，叫喊着："别打了，别打了，我们服了，我们服了。"这是我最初的经验，也将是我最后的经验，皮夹克双手掐着我的脖子，我说服了服了，他的双手会渐渐松开，只要我表示屈从，那双掐住我脖子的手就会松开。如果我不肯屈从，那我就要做好被掐死的准备。小飞蜷着身子，始终一声不吭，他显然不肯屈从，军大衣对着小飞的屁股又踹了一脚，说：“回去告诉赵狗子，别他妈的老欺负人！”

我被这句话弄蒙了，但当时无暇多想，我把小飞扶起来，从作业本上撕下来两张纸，给他擦掉嘴角和鼻子里流出的血，他的眼角青了一块，想必很疼，我手忙脚乱地不知怎么处置，破口大骂说要找人来教训这两个孙子。小飞不说话，他拍了拍裤子上的土，拉起裤脚，他的腿上也有一片淤青，我骂得更凶了，带着哭腔。

我们书包里的书本、铅笔盒不知怎么散落一地，收拾起来之后，小飞说：“你回家吧。”他这个时候居然想抛下我，我说不行，我要送他去学校的医务室，他说：“不去。”我说：“那我们去医院。”我翻了翻兜，有一块五毛钱，我搀着他去地坛医院，我问：“你认识他们吗？跟他们有仇吗？”小飞摇头，停下来说：“我不想去医院。”我不知所措，小飞自己往前走了两步，扭动胳膊腿儿：“我没事儿，你回家吧。”我立在原地，不知道他何以拒绝我的帮助，他笑了一下：“我没事儿，别说这个事儿，和谁都别说。”

挨打当然不是一件光荣的事，我挨的那个大嘴巴还隐隐作痛，这两个大个子下手真狠，我觉得我和小飞要同舟共济，患难同当，但还是先为自己开脱：“你怎么不跑啊？你要跑了他们肯定追不上。”小飞不说话，他那天对我的任何问题都不想回答，我坚持先到我家上点儿红药水，他答应了，他在我家洗脸，用冷水敷脸，想让额头的肿块消下去，他想在回家之前遮住一切伤痕，他不想让任何人发现他被打了，在上红药水的时候，他也想把我支出去，不想让我看见他身上的伤痕。

那天晚上，我躺在床上，小飞挨打那一幕在我眼前闪回，那不是抢两毛钱时随便打两下，也不是吓唬人时狠狠打两下，那是带着一股仇恨的殴打，我想起军大衣说的那句话——回去告诉赵狗子——为什么让小飞去告诉赵狗子。

第二天小飞没来上学，第三天也没来，接下来是周末，新的一周开始，我才再看见小飞，他还是老早就到了学校，低着头，避免让别人看见他眼角的那块淤血，但我能看出来，那块淤血已经变成暗黄色。他刻意和我保持距离，不主动和我说话，这让我很是气恼。整个一个星期，我们似乎处在冷战状态。那个周五，又是一个坏天气，从早上就是雨夹雪，淅淅沥沥地下个不停，学校的操场上一片泥泞，楼道和教室里也被踩得脏乎乎的，那天是我和小飞值日打扫卫生，擦黑板擦桌子都还容易，就是地上怎么也不干净。我先用拖把拖了一遍，泥和水混在一起更脏，于是我到厕所里找了个大水桶，拎到教室里准备用水冲，楼道里湿乎乎的，我差点儿滑倒。

天色阴沉，不到五点就已经黑透了，教室里开着灯，我从教室的后门进去，看见小飞站在自己的课桌上，那一瞬间我以为他要上吊，用书包套住灯管然后再套上自己的脖子，灯管当然撑不住这个重量，这只是一转念，很快我就看明白，他就是站在桌子上面，不是上吊，也不是在擦灯管，他站在上面发呆。后来我上大学看到个电影叫《死亡诗社》，那里面也有学生站在课桌上的镜头，我看到那个镜头的时候想到了小飞，那姿态一模一样，这让我在大学电教室里潸然泪下。

我左手拎着水桶，右手拿着拖把，立在教室后面看着站在桌上的小飞，他看着我，脸上浮现出诡异的笑容，我们这么对视了有10秒钟，都没有说话，忽然他侧转过身，拉开拉链，掏出小鸡鸡往教室里撒尿，他一边撒一边转，大概转了270度，也就是说他一直没有用小鸡鸡正对着我，他那泡尿可真长，而且滋得可真远，旁边的课桌和椅子都溅上了，地板上是泥和水，尿在上面倒显不出来。我被他这个举动惊呆了，他撒完了，转过身来面对我，脸上一点儿表情都没有。这时候我忽然感觉到，教室里还有另一个人存在，我看见影子，或者听到了呼吸，我转头就看见赵狗子正站在教室的后门，他的脸要比平常可怕十倍，我的双手一松，水桶咚的一声顿在地上，拖把也掉了，这两声响动之后教室里变得异常安静，然后我听见赵狗子用很低沉的声音说“你跟我来”，这句话并不严厉，倒显得有点儿温柔，小飞还站在桌子上，赵狗子转身走开，小飞跳下来，跟了过去。

我愣了半天才缓过神来，也很可能是一直没缓过来，我冲洗桌子椅子，冲洗地板，足足冲洗了三遍，把教室打扫干净之后，我又把整个楼道都拖了，直到累得直不起腰才停下，我回到教室里坐下，把自己的书包收拾好，小飞的书包还在课桌里，他还没有回来，我不知道赵狗子会怎么对付他，整个教学楼里死静死静的。这么呆坐着过了很久，我听见脚步声，赵狗子从后门走了进来，他从小飞的课桌里拿走书包，很客气地对我说：“回家吧，很晚了。”我嘟囔着想叫一声“赵老师”，最终也没说出来。

我关上教室的灯，关上门，楼道里的黄灯泡放出微弱的光，我走下楼，一种恐惧笼罩着我，不是害怕这个昏暗的楼梯，不是害怕赵狗子，而是害怕我可能要失去某种东西。校园里没什么人，漆黑黑的，我站在大楼的门口，透过玻璃向外看，小飞站在操场的另一头，赵狗子从存车棚里推着自行车出来，他一手推着车，一手举着一把伞，走近小飞的时候先把伞伸了过去，他就这么给小飞打着伞，推着车，两个人走出学校的大门。那一瞬间，我明白了，为什么军大衣会说——回去告诉赵狗子，小飞，赵鸣镝，是赵狗子的儿子。我的好朋友是赵狗子的儿子。他们走路的样子明确地告诉我他们之间是什么关系，只有爸爸会给儿子那样打伞，只有儿子会那样跟着爸爸走路，我描述不出来那种姿态，小飞好像有点儿抗拒，也好像非常顺从，我追上去想看得更清楚些，结果滑倒在操场上，衣服上沾满了泥。等我追出校门，他们早已不见踪影，我沿着小飞平时下学的路线追，我好像看见赵狗子骑着车，小飞坐在后座上给他撑着伞，我感到委屈，我居然为了赵狗子挨了一个大嘴巴，那个军大衣和皮夹克肯定是为了教训赵狗子才会打小飞的，我不只挨了一个嘴巴，还被踹了几脚。我停了下来，感觉到被欺骗，被出卖，背叛。

再在学校里看见小飞的时候，我学会了对他视而不见，他居然也装作看不见我。我觉得，起码是应该他向我道歉，他骗了我。我希望他能来否认，说他不是赵狗子的儿子。我们形同陌路，这样过了一个星期。等到周末放学的时候，我第一个冲出教室，跑出校园，从校门口走过两个街角，我听见后面有人叫我，崔营营气喘吁吁地追了上来。

“你知道了？”营营说。

“知道什么？”我反问。

“你知道了赵鸣镝的爸爸是谁。”

我一下子难受起来，我好像还在抗拒那个事实，现在崔营营来告诉我，那就是事实。我低下头不说话。崔营营说：“我们去地坛吧。”那天下午好像天气已经很暖和了，杨树狗子都结了一串串的，柳树也冒出了新绿，崔营营给我讲了她和小飞的故事——他们相恋，被老师发现，小飞的家长，也就是赵狗子，被请去谈话，赵狗子让小飞转学，这样是为了切断小飞和营营的关系，但还有另一层考虑，他不想让小飞在那个学校受委屈。小飞不愿意离开营营，但他没有能力对抗赵狗子，他不愿意让新同学知道他和赵狗子的关系。“我也不喜欢他爸爸，但我喜欢他。你是他的好朋友，他不是要骗你。我们的信都是你转交的，因为我们三个是一头的，后来他不让我再写信了，就是不想被他爸爸发现，也不想给你惹麻烦。”

崔营营是个伶牙俐齿的丫头，她谈论什么都不会忸怩：“赵老师要是能教数学课化学课，小飞一定会骄傲，哪怕他能给人上一堂政治课，也不至于让小飞难受，他最大的毛病就在于没有本事。”我不知道该怎么和她谈论赵狗子，隐隐觉得一个人要是看不起他的父亲是不对的，可是要让我对赵狗子有什么好感也绝不可能。

从表面上看，我和小飞的友谊得到了修复。那年春天来到的时候，我、小飞、营营一起去了一趟动物园，我们看见公猴子追着母猴子乱跑，看见了大象的鸡鸡，像人腿一样粗，看见一头熊和另一头熊打架，我们在狮虎山边吃了好几根冰棍，谈论东北虎和华南虎有什么区别，达尔文的《物种起源》到底说了什么，牛顿和爱因斯坦谁更牛逼。这些话题给了我们一种安全感，好像在构建一个智力生活的世界，那时候我觉得，小飞做数学题的本领要比孙老师强，当然还不如老邱，营营的英语比小刘还要好，她在看《简·爱》呢。我们要比那些老师强得多，这样我们可以超脱一点儿看待学校里的虚伪和威权，我们将来要干的事情可不是吓唬别人，欺负别人。

班里好多人都知道了小飞的身份，他们对赵狗子的厌恶与畏惧转变成了对小飞的敌意，我不用再为他隐瞒什么，但别人向我求证的时候，我也不会承认，好像承认了这层关系，小飞会非常丢脸，我也会跟着丢脸。可另一方面，我也不想和小飞站在一道变成两个人的孤僻小团体，他和这个世界格格不入的姿态影响到了我，课间操的时候，我躲在教室里，充满鄙夷地看着楼下乌泱泱的人群，他们发出嗡嗡的声音，然后伴着大喇叭里的音乐做体操，我又学会了一个词叫“群氓”，我找各种借口逃避课间操，从楼上俯瞰“群氓”。

每周一，课间操前会有升旗仪式，这一天查得最紧，很难逃脱，所有老师也都参加，国歌响起的时候，大家行注目礼，每个人的双手都垂在两边，只有任意球依然双手护着裆部，嘴中喃喃有词，但肯定没跟上国歌的节奏，数学孙老师站得笔直，会响亮地唱出声来，立正的姿势似乎对罗青衣最难，他总是脚尖点地，脚后跟抬起，小幅度地颠簸着，随着国歌接近尾声，他的幅度加大，要伴着“前进，前进，前进进”而蹿起来似的，国旗升到顶端的那一刻，罗青衣总要往前迈上一步，把向上蹿的能量转化成向前的能量。

我那天根本没看清楚赵狗子是怎么晕倒的，升国旗的时候他总站在领操台子上，我先听见同学们嗡嗡的声音，但与往日相比要嘈杂和兴奋，我向前张望，几个体育老师已经跑上领操台，七手八脚地把赵狗子抬了起来。他的羊角风发作了。

不断有同学回头打量小飞，他木然地立在那里，我看不到他的表情，广播操的音乐声骤然响起，体育老师发出指令“注意队列”，赵狗子已经被抬进教学楼。那一天的音乐显得格外嘹亮，那一天大家做操显得格外卖劲，他们都有些手舞足蹈的意思。小飞比画了两下，忽然停下来，第一节是扩胸运动，第二节是体转运动，前面的同学向左向右转动身体，好像都要回头瞟一眼，小飞站在那儿，我忽然害怕这羊角风也会遗传，担心他也晕倒。我们要过很久才能学会漠然地面对他人的目光，小飞转过身来，向队列的后面走去，那时候我们正向前跨腿做一个弓箭步，但他往后走了，他从队列最后面消失。

我以为他会去医务室，解散之后我在楼道里转了两圈想找他，医务室的门紧闭着，有几个小子嘻嘻哈哈地在楼道里原地转圈，然后一头撞向墙壁，他们是在模仿赵狗子犯病的样子。从进入这所学校起，赵狗子的癫痫病就是个不朽的传说，我一直希望能目睹这一幕，最好是在操场上，在众目睽睽之下，赵狗子转着圈晕倒，现在一切如我所愿，可我又希望这一幕根本没有发生。上课铃凄厉地响了起来，孙老师走进来开始上课，我前面的桌子没有人，这让我视野非常开阔，小飞的几何课本摆在桌上，铅笔盒打开，里面有圆规、橡皮、两支铅笔、一支圆珠笔。他再也没有回到这个座位上。他在赵狗子晕倒之后走出了校园。

一周之后，罗青衣宣布，成绩好的同学可以选择在家复习，我把大把的时间都浪费在地坛公园里，坐在树荫之下看一下午小说，某种缠绵悱恻的情绪占据了我的心。填报志愿、领准考证，这两天我都很早就到了学校，但小飞一直没有出现。考试开始那天，我终于见到了小飞，但我们没怎么说话。小飞考上了清华附中，崔营营也去了那里。他们应该在清华待了好多年，后来肯定是出国念书了。

初中毕业照我保留了好几年，黑白照片，模模糊糊的，我身边站着傻大红，她考上了技校，后来日本一家企业在北京弄了个显像管厂，她在那家工厂里成为劳动模范。好几个同学考上了厨师，有一段时间我在北京的饭馆里连着遇见三个，都胖了。班长和学习委员都考上了东城的一所重点高中，后来大概都上了北医。我们穿着白衬衫，一个美妙的集体，按照个头分成三排，我站在第三排的椅子上，第二排的同学站立，第一排有座位，中间是校长、赵狗子、罗青衣、任意球等几位老师，后来这照片被我弄丢了，后来我发现，凡是这类集体照，坐在第一排中间那几个座位的，必定都是我讨厌的人。我真正想合影的人都不在照片上，比如待在总务处的邱老师，还有小飞。

警察与外星人

赵小晨是在图书馆的期刊阅览室里认识老丁的，阅览室整天灯火通明，不知外面是阴是晴。赵小晨查阅 1997 年一期的《法治文学选刊》，找到一篇《击毙鹿宪州》的文章，到服务台去复印，老丁排在他前面，捧着一摞《飞碟探索》，杂志中间夹着小纸片儿，老丁要复印的东西多，折腾了十多分钟，回身对小晨说："对不起啊对不起。"小晨就问了一句："您喜欢飞碟？"老丁点头："瞎看看，瞎看看。"

老丁穿着一件鸡心领的毛衣，蓝色的夹克，一条卡其布裤子，软底儿皮鞋，干干净净，看着有四十来岁。赵小晨穿着牛仔裤，一件帽衫，他说："最近有个电影，叫《第九区》，讲外星人和飞碟的，您看了吗？"

"没有没有。"老丁好像总愿意把一个词说两遍，他瞅着小晨，等他说下去。

"那电影说，外星人坐着飞碟来到地球，可飞碟坏了，他们回不去了，就在约翰内斯堡住下来，被隔离起来。"

"有意思有意思。"老丁眼里冒着光。

"那我下周六把那电影给您带来。下周六您还来吧？"

“我来我来。”老丁说。

赵小晨是个程序员，在海淀区一家大公司上班，每周六都到图书馆转一圈，借两本书，但回家之后未必看，他更喜欢看电影，周六晚上总给自己放一个通宵场，看上四五部电影，周日在家昏睡。平常他六点多准起床，坐公共汽车去上班。有一天早上，他在人民大学站下车，车站上的人乌泱乌泱的，他看见罗伯特·德尼罗向他走来，脸上有一颗痣，和电影里长得一模一样，这位大影星走到他面前，说：“我们打算抢知春里那家建设银行，还缺一个人手，你干不干？”赵小晨发呆，罗伯特·德尼罗说：“我给你五分钟考虑。”说完，他就消失在人群中。赵小晨想了足有三分钟，拔腿去追，在人民大学对面的那家肯德基，隔着窗玻璃，他看见罗伯特·德尼罗坐在里面，捧着一根鸡腿正啃呢，手边还放着一杯冰红茶，赵小晨拍着玻璃窗大喊：“罗伯特，我干！”

赵小晨家里大概有一千多张DVD，分门别类摆在书架上，他最喜欢的一排是一百来部犯罪电影，绝大部分是抢银行的，这其中他最喜欢看的是罗伯特·德尼罗主演的*Heat*，译名叫《盗火线》，看了多少回已经记不清楚。《第九区》放在科幻作品那一类，边上是新买的一套《星际迷航》，还没有拆开看。他住的这一室一厅收拾得非常整齐，不像一般单身汉那么凌乱。他甚至有轻微的“收纳癖”，好多东西都放在从宜家买来的盒子里，衣柜里的衬衫、袜子、内裤都摆放得井井有条，门口的鞋柜上放着一个双肩背书包，装着换洗衣服、洗漱用品、常用的药物，拎起这个包就能出差。赵小晨出差的机会并不多，但这个包时常会打理一番。

他看过一部日本电视剧，里面有个军官说，男人身边应该“单纯明快”，这句话深深影响了赵小晨。他的厨房里没有太多的餐具，三四个盘子，两个碗，几双筷子，刀叉和勺子各有两把，按理说，他只要一副碗筷就可以应付日常的饮食，但他不忍心再精简，他想，万一有一天，有个女孩子来做客，应该给她预备一套餐具。赵小晨自己吃饭非常简单，面条或者速冻饺子，他最喜欢吃炒鸡蛋，西红柿炒鸡蛋，香椿炒鸡蛋，辣椒炒鸡蛋，冰箱里常备的就是鸡蛋、酱牛肉和辣酱。

下一个周六，赵小晨和老丁在图书馆见面，老丁借了本马丁·里斯的《六个数》，赵小晨借了本《刑侦实验室》。老丁摇晃着手里的书介绍：“这是剑桥大学的一个教授写的，他是个宇宙学家，还是英国皇家学会的会员，他认为，宇宙中可能存在智慧生命，也就是说，他相信有外星人存在。”

赵小晨支吾着，他对宇宙也有那么点儿兴趣。以前，他一失恋，就看一些天文学方面的书，他知道火星上有一座奥林匹克山，足有二十五千米高。他知道，和太阳相比，地球微不足道，和天狼星相比，太阳又很小，和大角星相比，天狼星也不算大，宇宙中的大星体多了去了，地球微不足道，那么人就更加的微不足道，这样一来，人的那点儿感情纠葛也微不足道。赵小晨凭借对天文学的了解而忘掉失恋的痛苦。不过，这段时间，他可没兴致和老丁讨论天文，他的兴致都在鹿宪州身上。在人民大学的车站遇见罗伯特·德尼罗之后，他就在网络上搜索知春里、知春路、银行等字眼，然后发现 1996 年，北京有个抢劫犯叫鹿宪州，他抢银行的运钞车，抢走了上百万的现金，晚上总去“天上人间”夜总会，最终被击毙于亮马河大厦下面的停车场。这家伙当过兵，越狱出来开始抢银行，有女朋友协助，事发之后，女友被判处七年徒刑，现在应该早放出来了。赵小晨想，要是把这家伙拍成个电影，也许和《盗火线》一样好看。他脑子里一遍遍过这个电影，还琢磨，到底是胡军还是姜文来主演呢？

再下一个周六，老丁看完了《第九区》，在图书馆见到小晨的时候，直夸那电影好看：“其实咱们中国的古籍里早就有对外星人的记载，我看这电影里的外星人就是《述异记》里的蚩尤神，人身牛蹄，四目六手，耳鬓如剑戟，头有角。”赵小晨对古代小说没什么兴趣，但他也挺上心地听老丁瞎扯，老丁的意思是，外星人肯定存在，而且不止一次来到过地球，平日里老丁说话有些拘谨，但聊起外星人，老丁就滔滔不绝，他从自己的笔记本上撕下来一页纸，写了个网址给小晨：“这是我们的论坛，专门讨论外星人的，你来看看吧。”在小晨看，这老丁有点儿神叨叨的，天文学和外星人可不是一回事。

小晨和老丁每周六在图书馆碰面就聊上一会儿，老丁发现小晨对外星人不那么感兴趣，也就放弃了这个话题，他向小晨请教一些有关计算机的常识，怎么重装系统，怎么使用电驴，无线路由器怎么设置之类，两人互相留了 MSN 和 QQ，但在网络上他们很少说话。老丁原是北京一家工厂的工人，被买断工龄后赋闲在家，据说是以炒股为生，周一到周五都要盯着股市，赵小晨并不相信股市能让老丁衣食无忧，但他知道每个人都有自己的谋生手段，未必要透露给外人。

又一个周六，赵小晨在阅览室里看完杂志，老丁赶过来说，我们一起去吃点儿东西吧。图书馆外的街角有一个拉面馆，两人坐下，点了两碗面，一盘拍黄瓜一盘拌木耳。

“喝瓶啤酒吧？”老丁说。

“好。”赵小晨答应。

服务员拿来两瓶啤酒两个纸杯，老丁抢着给小晨斟上酒，小晨看出来，老丁是有话要说，喝完了一杯酒，没等面上桌，就直截了当地问：“您有什么事儿吧？”

“没什么没什么。”老丁又拘谨上了，放下筷子，双手在裤子上蹭了蹭。小晨拿起酒瓶子给老丁刚喝了一口的酒杯又斟满，等着老丁开口。老丁开口了：“小赵，你有女朋友吗？”

“没有。”

“以前谈过女朋友吧？”

赵小晨有点儿脸红：“大学的时候有过。”

老丁喝了一口酒：“我想给你介绍一个，我的外甥女。”

赵小晨没接茬儿，心里想着推辞，他和老丁并不熟悉，好像是朋友，也好像不是，但绝不是长辈和晚辈，他琢磨着找个什么借口才能不伤老丁的面子，那边老丁自顾自地说着：“我这个外甥女，二十四岁，大专毕业，学历是低了点儿，但工作还不错，她在银行当职员。”

听到“银行”两字，赵小晨点了点头。

“虽说是在银行工作，但不是老要摸钱，摸钱手太脏了，她是在大客户部工作的，主要办理对公业务，发工资什么的。”老丁说。

赵小晨对相亲一点儿兴趣也没有，但对银行充满了兴趣。他一直想，如果有机会，也要抢一家银行，要是能事先对银行的内部设施有所了解，日后真动手也多几分胜算，老丁居然把自己的外甥女送上门来，实在是个好机会。拉面上来了，赵小晨低头去吃面，不想让老丁看见他的表情。老丁还在絮叨：“我这个外甥女很老实，也不太爱说话，个子不矮，一米六八，成不成的，你们见个面，认识认识也没啥坏处。”小晨心里已经同意见面，但嘴上还不知道怎么答应，闷着头接着吃面，老丁见状，低下头吸溜了一口面汤：“这汤不错。”

一顿饭吃下来，赵小晨答应和老丁的外甥女见面，时间就定在了下周六。到时候老丁依然到图书馆来看书，他把双方的联系方式做了通报，让他们自己确定时间和地点。赵小晨对去哪里约会是一点儿想法没有——吃饭好像太无聊，茶馆或咖啡馆也不知道哪家更好，但这些问题也算不上什么问题，到了约定的时候，他自然见到了老丁的外甥女。这个姑娘叫王雪虹，身高是有一米六八，但体重也稍微高了点儿，不是很胖，只是略微粗壮了一些，显得有些笨，赵小晨看到她第一眼就放心了，要是老丁的外甥女长得像天仙似的那就不好办了，假设他拿着一把AK-47去抢银行，见到个美女可能会犹豫一下，但见到王雪虹这样的，会毫不留情地扫射过去。见面的地点是一家“上岛咖啡”，楼上有人打牌，偶尔会叫喊两声，但楼下还算是挺安静。赵小晨和王雪虹面对面坐着，要了一壶水果茶。

“你在哪儿上班啊？我是说，你们那个银行在哪儿呀？”赵小晨问。

“在亚运村那边。”

“你天天在银行上班，碰见过抢银行的吗？不怕有人来抢银行吗？”

“现在谁还抢银行啊？一个储蓄所一天就算有几百万的现金，你都抢走了有什么用啊？你连一套房子也买不起。十年前你要是抢个一百万，够你安居乐业的了。现在你要不是一个人来，弄两个同伙，抢的钱还不够分的呢！现在让人家来抢，人家都不来，谁有本事谁就抢金库去，听说复兴门那边人民银行的金库，离地铁站特别近，拿个炸药包就能给炸开。可你说没人抢银行吧，我们还老要演习，一会儿假装有劫匪劫持人质，一会儿假装有人安了爆炸物，我们头儿说这叫长抓不懈，一开始演习的时候，我觉得还挺好玩，有人扮演顾客，死按着自己的钱不撒手，不愿意撤离现场，还有人假装晕倒，后来再演习，每个月都演习，就不好玩了。”王雪虹说了一嘟噜，忽然觉得自己说多了，嘎的一下就停住了。赵小晨听得入迷，赶紧鼓励她接着说：“你们演习都演习什么啊？假如我来抢银行，也没枪，就拿个纸条递给你，上边写着——给我五十万，我有枪。你该怎么办？”

“这个我们肯定演习过啊。我肯定先稳住你，然后用暗语通知同事，比如我故意叫一个已经退休的同事的名字，反正就是你听不出来，我同事一听就知道出事儿了，他就会打电话给外面的保安，大堂经理，他们就会疏散顾客，然后还会打电话报警，给派出所打电话，我们座位边上都有警铃，但一般我们都不按，那个一按，市里面的刑警就出动了，道路封锁什么的各种措施就都用上了，动静太大。你来抢银行，我这个钱不给你递出去，你可能算是个抢劫未遂，我这十万块钱递出去，你的手一碰，你这罪过就大了，不管你是出了银行门被抓起来，还是跑到海南岛被抓起来，非判你个十年八年的！现在来抢银行的，大多都是脑子有病的，我把钱给了他，就是害了他。我得想办法拖着，看外面能不能把他控制住。”

“你心眼真好。可你怕不怕枪？万一真的有枪呢？”

“枪我不怕，我们那玻璃是防弹的，你拿手枪打不碎，但那个玻璃怕大锤，你要是拎着个大锤，狠命凿几下，那玻璃就酥了。”

赵小晨点头，心里记下，未必要拿枪，但要拿一柄大锤。

当天下午，两人在上岛咖啡里进行了一番抢银行推演，赵小晨掌握了银行网点接款、送款的程序，运钞车的武器配备，银行柜台门禁的使用方法，他知道了，任何一个营业网点，都有数个摄像头，顾客和员工时刻都在摄像头的监控之下，顾客取了钱就离开，而员工只有在厕所或更衣室里才能避开摄像头，他们在输入密码时都会用手挡住摄像头，养成习惯之后，回家登录邮箱或 MSN 都会用一只手来遮挡。银行里的工作作风是，不相信每一个同伴，把每一个同伴都当成错误的根源或潜在的危险分子。最后，王雪虹建议，成功概率最高的是抢 ATM 机，特别是 ATM 修理的时候，一般只有一个保安，银行保安大多是农民工，经过短暂培训就上岗，银行网点众多，根本没钱雇用退伍军人或者身手敏捷的习武者，ATM 机有前开门和后开门两种，下边的钱柜里有时会有两百万左右的现金。

王雪虹把杯子里的茶喝光，抬起头：“你不就是搞计算机的吗？你难道不会偷别人的网上银行吗？”

赵小晨说：“那没意思。还是真刀实枪的抢银行才有意思。”

王雪虹咯咯地笑了起来：“有一次，有个电影明星到我们银行存款，拿着个大手提包，把包往柜台上一搁，说——我存钱，那架势倒和抢钱差不多。吓我一跳。”

“哪个明星？”

王雪虹说了个名字，但赵小晨并不知道是谁。她接着说：“以前还真有不少演电影的、唱歌的到我们银行办业务，现在我们新开了家私人银行，里面那地毯厚的，踩上去都崴脚，墙上挂着名画，桌子上有个玻璃碗，我以为是烟灰缸呢，拿起来一看，是艺术品，上面还标着价钱呢，我就想着能调到私人银行去工作，当不了有钱人，就去伺候有钱人。”

赵小晨不知道怎么应答，支吾了一声，掏出手机看时间，王雪虹也掏出手机摆弄，赵小晨问：

“你说，那个 ATM 机点钞票怎么老响啊？我取一千块钱，它嘎吱嘎吱响半天。我取两百块钱，它也嘎吱嘎吱响半天。我有时取两百块，听它不停地响，还以为能吐出两千块呢。”

王雪虹回答：“那就是个程序，你取多少钱，它都会响，告诉你它正点钱呢。它要是不响，你该以为是机器坏了呢。”赵小晨点头。

两个人继续摆弄了一会儿手机，赵小晨问：“你晚上还有事吗？”王雪虹答：“没事。”看样子，她打算一直待到两人共进晚餐，赵小晨此时果断地说：“我晚上还有点儿事，要不咱们再联系。”两人结了账往外走，小晨说：“你舅舅说你不爱说话，你其实还挺爱说的。”王雪虹答：“我舅舅说你不爱说话，你还真是不爱说。”

接下来的一周，赵小晨一直没再联络王雪虹，每天上班下班加班，路过银行或ATM机的时候就停下来多看两眼。到了周六，他也没去图书馆，害怕老丁来问约会的事，也怕老丁打电话来，索性把手机关了，对着电脑打了一下午游戏，晚上打开手机，果然收到老丁的短信，只一行字：“最近打算去贵州一趟，下周六见？”

再见面的时候，还是在那家小面馆，还是两个凉菜两瓶啤酒，老丁向小晨解释他为什么要去贵州：“贵阳郊外有个都溪林场，1994年的时候，发生过一件怪事，四百亩的树林都被拦腰截断，剩下一米来高的树桩，这就是所谓‘空中怪车’事件，好多人说，是飞碟降落在那里了，我打算去那个林场看看，贵阳科学院有个老工程师，研究这个事已经十多年了，我也打算去见见这位老先生。”

“你是说，你打算去贵州找飞碟？”

“飞碟不那么容易找到吧，但总能找到一些飞碟存在的证据，贵州山多，飞碟愿意在山多的地方降落。”

“按理说，飞行器都愿意在平地着陆啊，这样更安全。”

“外星人的想法我们没法揣测，再说了，它们的飞行器，原理未必和我们的飞机一样，不会借助跑道，可能更类似于火箭的推动，躲在山里面更安静。”

赵小晨看老丁说得认真，非常想和他一起去贵州的大山里转转，但他还没有丧失理智，就算有朝一日他抢银行都成功了，老丁也未必能找到飞碟。他问：“你说的这个空中怪车事件，都过去十多年了，估计那片林子也早砍了，你干吗现在才去啊？”

老丁喝了口酒，脸微微泛红：“我也早就想去，但我想资金准备充足了再去，去一趟就多转几个地方，还有，我听说那个林场要开发成旅游区了，以后游客多了，更找不到外星人的痕迹了，再说，他们有可能造假，把现场重新布置一番，那就太没意思了。我们那个论坛里面有好几个人都去过林场了，我也想赶在那里没有大开发之前去一趟。”老丁从随身的书包里掏出一台照相机：“这是佳能 G10，我新买的，我打算用它拍点儿资料，现在都有 G11 了，可我觉得这个就够用了。”老丁摩挲着相机，像拿着个宝贝：“万一我真碰见飞碟，我得给它拍下来，拍清楚了。现在人们不相信飞碟，还是证据不太充分。”

赵小晨把面条吃光：“你打算什么时候走啊？”

“后天，我火车票都买好了，后天一早就走。”

“那你打算什么时候回呢？”

“一个月吧。”

赵小晨有点儿吃惊：“一个星期还不够吗？两个星期足够了吧。”

“最少要两个星期吧。我想一个月可以研究得更充分一些。”老丁见小晨并不打算查看他的相机，就把那台 G10 放回到书包里：“你和雪虹见面了，怎么样啊？你们再接触接触，不着急，成不成的再多接触接触。”

“老丁，我想抢银行。”赵小晨脱口而出，说完自己都有点儿惊着了。

“你说什么？抢银行？”

“对，你说，贵州那边是不是有卖枪的啊？我听说广西边境那边卖枪的最多。当然，抢银行也未必要用枪，要是买点儿炸药，到河北就能买到。”

“小赵啊，你可真会开玩笑。”

“我可没开玩笑。”

“你打算抢我外甥女他们那银行？”

“不一定，他们那个银行附近交通状况不好，太堵车，我得找一个能迅速撤离的。”

“你会开车吗？”

“我早就拿车本了，我明天就去租个车，再练练。”

“那你抢了银行打算干吗呢？就算你拿了一千万，打算跑哪儿去？”

“我没打算干吗，这事儿不一定能成，我打算暴尸街头，被乱枪打死。”

老丁盯着赵小晨：“你疯了吧？”

赵小晨笑了：“老丁，你说你要去找外星人，我都不觉得你疯了。

怎么我说我要去抢银行，你就觉得我疯了呢？”

老丁很严肃：“你会用枪吗？”

“我去北京射击场练过，手枪还是可以的。”

“射击场那算什么？五四式手枪？有效射程也就五十米，你一出银行门就被狙击手打死了。五六式的半自动步枪，现在好多武警的确还在用这种枪，你在射击场玩的也是这种枪吧？为了安全，射击场都把枪镶在桌子上，你到那儿就是扣动扳机去了，也不用瞄准，连后坐力感觉都不明显。你摸过九五式突击步枪没有？那个枪的后坐力小，子弹在枪管中运行较长，就是说你没怎么练过，也能打得比较准，三十发子弹，不到四公斤重，携带起来方便，你不是左撇子吧？左撇子没法儿用。这是咱们中国设计的一个缺陷，只能向外抛出弹壳，你用右手没事，左撇子使这枪，抛出的弹壳全砸脸上了。”

赵小晨打过一些射击游戏，但对枪支的了解实在有限，他自然希望自己手持长枪，穿梭于北京街头，射出的子弹将警察堵在警车后面，车身上全是枪眼，谁敢冒出脑袋来立刻“爆头”，但他还真没想过，该用一支什么样的步枪，他在CS游戏里惯用的是AK-47，不知道AK-47和九五式突击步枪哪个更好。

老丁那边已经开始回答这个问题：“其实，咱们的五六式半自动步枪就是仿制苏联的一种卡宾枪，但对越反击战，和越南人用的AK-47相比，火力差了点儿。现在全世界的好多武装组织都还在用AK-47，我估计，你要在广西边境去找找，能从越南人手里买到AK-47。北京好多年前出了个抢劫犯叫白宝山，用过五六式步枪，可他为什么还要抢一把八一式步枪。因为更好用呗，五六式半自动，一弹匣就十发子弹，八一式步枪三十发子弹。”说起枪械，老丁兴奋起来，脸上泛着红光。

赵小晨问：“您知道白宝山，那也肯定知道鹿宪州？”

“鹿宪州主要是用手枪，五四式手枪，苏制 7.62 毫米托卡列夫手枪，华尔特 7.65 毫米手枪，这都属于老式的手枪，警察都用过，拿这些枪跟警察对阵，火力上没什么优势。”老丁转过身叫服务员，“再给我们来两瓶啤酒。”

老丁当天晚上一共也就喝了三瓶啤酒，但最后醉得不成样子，他反复叮嘱小晨，要有一把好枪，要有足够的子弹，赵小晨完全被老丁的枪支百科知识给说晕了，但他没有多喝酒，他把老丁送上一辆出租车，问老丁能否自己回家，老丁回答：“不要去弄炸药，炸药不好控制。”赵小晨见状，只好上车送老丁回家，在车上，老丁很快就迷糊上了，双手把书包抱在胸前，好像包里就有一把手枪，而不是一台照相机。

老丁说走就走，上了火车才给赵小晨发短信：“银行一事，等我回来再商量，从长计议。”赵小晨回短信：“好，等你的枪和炸药。”下了火车老丁又发短信：“我已到达贵阳。苗族人有猎枪，但杀伤力不够大。”赵小晨回短信：“拿猎枪去抢运钞车会被他们笑话的。”到了周末，赵小晨想着在图书馆碰不到老丁了，不免有些寂寞，鬼使神差地给王雪虹打了个电话，两个人约着去看了场电影，看电影不用说话，看完电影就东拉西扯地议论两句。电影散场已经是深夜，赵小晨和王雪虹在街上溜达着，王雪虹忽然说：“我舅舅前两天给我打了个电话，让我别再和你联系了。”

赵小晨有点儿诧异：“他说什么了？”

“没说什么，就说你这个人有点儿危险，我倒没觉得你有什么危险的。”

“是他去贵州之前给你打的电话？”

“他去贵州了？他去贵州干吗？这个他可没告诉我。”

“他说是去旅游。”

赵小晨拦下一辆出租车，打开车门，让王雪虹上车：“早点儿回家吧。”他知道他再也不会见这个姑娘，王姑娘好像也觉察出来，坐进车里摇下窗户说了句：“你多保重啊。”

送走王雪虹，赵小晨又在街上溜达了半小时。掏出手机给老丁发了条短信：“我发现大望路这边有家银行，ATM 机居然是前开门的，适合打劫。”老丁迟迟没有回复，估计是在贵州某个小县城的招待所里睡觉呢。于是，赵小晨又给王雪虹发了条短信：“你舅舅说得对，我很危险，我要抢你们的银行。”

第二天，老丁发回短信：“我准备进山了，山里面可能联络不畅，但愿我能找到好东西。”赵小晨回复：“祝你好运气。”就这样两个人短信来往，有时候一天来回发几条，有时候几天发那么一条，他们讨论的问题包括，比起贵州，广西是不是更适合成为飞碟的一个基地，广西是不是更容易搞到步枪，北京警察、武警的武器装备。赵小晨的短信上说：

“以九五式突击步枪的火力，压制住派出所是没任何问题的。”老丁的短信上说：“如果你拿到三百万现金，我在贵州也找到外部接应，那事情就完美了。”有时候，赵小晨手欠，给老丁发完短信，改几个字，又给王雪虹发过去，包括要用炸药炸掉他们那储蓄所，包括压制派出所火力，王雪虹只回过一条：“你再这么胡说，我就报案了。”

被警察带走那天早上，赵小晨头昏脑涨的，他听到外面有人敲门，敲门声就透着不客气，打开门一看，外面站着三个警察，他们出示了工作证，问：“你是赵小晨？”赵小晨点头答应，把警察让进屋。后来他知道，带头儿的那个警官叫老李，五十来岁，进门之后缓慢地打量了一番赵小晨的居所，目光像扫描仪，没放过任何东西，但警察没有搜查他的屋子，只是说，请他去局里一趟，“说明一些情况”。赵小晨疑惑，这个“局里”是“市局”还是“分局”，但他没敢问，穿好衣服想拿他那个应付随时出差的双肩背书包，警察说：“这个不用带。”刚看见警察的时候，他心里扑通扑通跳得厉害，简单交谈几句之后就不怎么害怕了。

赵小晨在电视剧里知道所谓“米兰达法则”——你有权保持沉默，还知道——我要请我的律师在场。可惜他没有律师，也很难保持沉默。倒是那三位警察都比较沉默，除了必须要发出的指令，他们不多说一个字。下了楼，赵小晨坐到警车的后排座上，左右各有一位警察，稍微有点儿挤。他想起自己看过阿尔·帕西诺演的另一个抢银行的电影叫《热天午后》，这个阿尔·帕西诺在《盗火线》里的警察形象太讨厌了，但年轻的时候还演过银行劫匪。阿尔·帕西诺在警察的包围之下逐渐崩溃，赵小晨看电影的时候想："我决不会这么轻易崩溃。"没想到坐在警车上他就已经崩溃，他发现他控制不住双腿的抖动。到了分局，进了间小屋，警官老李负责讯问，他端着一杯茶，点上一支烟，轻松地提出要求："说说吧。"

赵小晨嗓子有点儿干："说什么啊？"

警官老李笑："说说你抢劫银行的计划？你想抢哪家啊？打算什么时候动手啊？"

赵小晨的脑子晕得更厉害了，这个计划尚未完成，更没有实施，还处在"创意阶段"，怎么警方就已经知晓了？他曾幻想站在大街上用一支步枪对抗上百个警察，如今坐在一张桌子前，面对一个五十来岁的小老头儿似的警察，他还幻想着要抵抗一下，比如说，强调手机短信属于个人隐私，警察无权侵犯个人隐私；再比如，在手机上说什么，都属于言论自由，不能因言获罪。他的确想这么抵抗一下，但这些话他没有说出口。赵小晨努力组织语言，想让警察明白，他和老丁之间那些关于"银行、炸药、枪"的短信都是瞎聊天，都和那些"黄段子"一样是个消遣，他给王雪虹发的那几条可说不清楚了。最终，他还是从电影说起，从罗伯特·德尼罗说起。

警官老李耐心听着赵小晨说他看过很多抢银行的电影，时不时打断一下："等等，《拿了钱就跑》？这电影是哪国的？导演叫什么？"赵小晨就回答："美国电影，导演叫伍迪·艾伦。"说起电影来，赵小晨就放松了，按照电影里的情节，此时赵小晨应该管警察要支烟抽，可他没有抽烟的坏毛病："有个日本电影，叫《三亿日元的初恋》，讲的是1968年的事。说一个孤独的少女，父母都不在了，她住在叔父家里，被嫌弃。没事就泡酒吧，后来在酒吧里结识了一群人，里面有不少左派青年，东大的，就是东京大学的。这帮左派青年想弄点事，男主角痛恨权势，可扔扔石头抡抡棍子根本无关痛痒。所以，要用头脑来决胜负，要抢劫三亿现金。他们的计划是抢一个类似三菱公司这样的大公司的运钞车，发年终奖的时候抢。有一个东大学生就跟小姑娘说，让她参与行动。他们的计划非常简陋，小姑娘骑着个摩托车，伪装成女警，对运钞车里的人说，车上有炸弹，你们都下车。押解的人就都下车了，然后小姑娘一个人就把车给开跑了。但是他们最后也没把钱用出去。东大学生后来被警察找到了，但是没人找到小姑娘，小姑娘最后读大学了。"

"就这么简单？"

"这个是简单了点儿。放在北京肯定不成。听说北京的运钞车都属于振远，振远就是你们公安局的三产？"

老李又笑："怎么？你还打算抢我们的运钞车啊？"

赵小晨自知失言，连忙想着再给老李讲一个什么样的电影故事。他不怕老李笑话，他倒是希望老李把他当个笑话。有那么一瞬间，他想到了老丁，不知道老丁是否回到了北京，是否也被带进了"局里"，但这时候他顾不上老丁了。他还想到，这事儿会不会连累王雪虹，她想调到私人银行的梦想会不会因此破灭。但眼下也顾不上王雪虹了。

老丁是在第二天下午才被带到分局的，他早上坐火车到北京，在家里洗漱完毕，就被警察请了去。警察对老丁颇为重视，怀疑他携带枪支，居然出动了两个身穿防弹背心的特警。到了局里，还是警官老李负责讯问，开场白还是：“说说吧。”

老丁一脸茫然：“说什么啊？”

“说说你到贵州干吗去了？”

“没干吗，转转。”

警官老李不说话，盯着老丁。老丁也不说话，一副负隅顽抗的架势。

警官老李劝他：“说完就完了，你那个同伴都说清楚了。”

“同伴？我没有同伴啊，我一个人去的。”

“我们知道你一个人去的，我们问你去贵州干什么。”

老丁还是不说话，一直耗着，到了饭点儿，警官们出去吃饭，把老丁撂下两个多钟头，再回来的时候，老李问：“怎么？还不打算说啊？”

这下老丁撑不住了，开口了：“我本来没想报案，我想自己查清楚是怎么回事。我这次去贵州的确是找飞碟去了，但我没见到外星人。”

旁边负责笔录的小警察有点儿愣神，他头一天给赵小晨做笔录，记下来一堆抢银行的电影名字和电影故事，接着给老丁做笔录，看这意思，是要开讲外星人的故事。警官老李不动声色，耐心听老丁往下讲：“贵州这个空中怪车事件，一般的解释都是龙卷风，可贵州的历史上，七十多年都没有有关龙卷风的记载，当然，这七十多年没有龙卷风，不等于今后就不会发生龙卷风。中科院的专家，一般都把空中怪车解释为气候现象，这一派的代表人物就是欧阳自远，你们知道神舟飞船吧？知道中国的探月计划吧？欧阳自远应该是探月的首席科学家，他对月亮很熟悉，但对于更遥远的星体，他就没什么发言权了。我这次去贵州，见到了贵州科学院的一位老工程师，他坚持说，都溪林场是飞碟的一个基地，当然，他也没有什么确实的证据。我这次去的是毕节地区，六盘水，黔西南一带，铜仁、万山、黔东南地区还没有去，时间匆忙了一些，没有看到飞碟基地的疑似地点。”说到这里，老丁颇为沮丧，低下头。

警官老李开口了：“咱们等等再说基地的事，你刚才说你没想报案，你想报什么案啊？”

老丁依旧埋着头，过了足有五分钟，才特别痛苦地抬起头来：“我大概是被骗了。我本来以为，会有很多人都喜欢研究外星的智慧生命，没想到我被坏人利用了。”

警官老李脸上看不出啥变化，但心里已经有点儿糊涂了，从他们监控得到的信息看，老丁前往贵州，是为了买枪，或者寻找代号为“飞碟”的某种炸药，但面前这位老丁，的确是去贵州找外星人去了，他的经验告诉他，面前这位老丁没有说谎，但神志可能不太清醒，这样神志不清醒的人，对社会有极大的危害，也要审问清楚：“谁跟你说贵州有外星人啊？”

老丁十指紧扣，继续交代：“两个月前吧，有人给我发邮件，我常在一个讨论外星文明的论坛上浏览，发信来的人也是论坛上新注册的一个马甲，他说，他接到了外星人的求救信号，有一个飞船降落在中国，但部件损坏，无法启程回去。我就回信问他，飞船降落在哪里。他说，外星人担心受到攻击，要求知情者保守秘密，不得在论坛上透露这个事，还说，他正给外星人采购零部件，用地球上的一些汽车配件加以改装，就可以修复飞船。我就给他寄了一万块钱去，后来我再问他飞船的情况，他就不回信了。我想啊，这飞船降落在中国，很可能还是利用他们以前的基地，所以我就去贵州看看。当然，我也疑惑，我可能被人骗了，他们根本就没见到外星人，就是骗我的钱。”

负责笔录的小警察憋不住要笑出声来，老李也嘴角带笑：“你是说，有人给你发了个电子邮件，告诉你外星人想要一万块钱，你就给他寄过去了？”

老丁点头，满脸涨得通红。

“那这外星人也用咱们的银行卡？”

老丁点头：“我是给他打到银行卡里去了。”

“你说的这些，都有凭证吗？你的电子邮件都留着呢？银行的汇款收据也留着呢？”

老丁点头：“留着呢。”

“好吧。你接着说你到贵州都去哪儿了，每天的行程都是什么。”

老丁开动脑筋，把他在贵州每天都去哪儿了，每天都住哪儿了，全交代得一清二楚。到了后半夜，他继续向警察交代他和赵小晨是怎么认识的，怎么获知赵小晨抢劫银行的计划，又是怎么瞎扯到九五式步枪上的，他在局里待了足有二十个小时，第二天上午才出了公安局的大门。出来后立刻找了个包子铺，吃了半斤包子，他想给赵小晨打个电话或发个短信，但又觉得，这番麻烦都由赵小晨引起，老丁看着手机通讯录上赵小晨的名字，然后删除联系人，把这小子的痕迹给抹去了。

赵小晨在局里也待了足有二十个小时，出门之前被训诫了一番，公司人事总监出了份证明，说赵小晨同志工作认真积极，未发现任何违法乱纪的行为，还跑到局里来接他，这让赵小晨感动莫名。他想着给老丁发短信道歉，写了好几条都觉得词不达意，于是，他琢磨着，周六的时候接着去图书馆，也许能在阅览室里再看到老丁，有什么话当面说说更好。到了周六，他起了个大早，赶到图书馆，在阅览室里看书等着老丁。这一天，老丁也起了大早，赶到分局去见警官老李，老李告诉他，诈骗案已经破了，让他到局里来指证嫌犯。嫌犯是个半大小子，整天泡网吧打游戏，他在论坛上发现老李相信真有外星人和飞碟，就拿《第九区》的电影故事来骗钱。骗来的一万块钱早就花光了。

老丁第二次从局里出来，心情更为糟糕，钱财损失是小事，要命的是，他怀疑，根本就没有外星人存在。他待在公园里消磨了一下午。赵小晨在图书馆里等了一天，始终未见老丁露面。到了晚上，两个人也就各自回家了。

你知道的太多了

好多年前，《中国青年报》办过一次百科知识竞赛，在报纸上登出了一百道题。我那时候正求知欲旺盛，能背下来一百五十首唐诗，圆周率小数点后一百位，整个元素周期表和一千五百个英语单词，但还有好多问题不会答。我坐上104路电车，到王府井大街下车，那里有全北京最大的书店。书店门口，聚集着好多参赛者，他们拿着那张报纸，互相学习互相借鉴。那时候没有什么人用过复印机，我那报纸揉搓得快要烂掉了，放在书包里，手里拿着笔记本和笔，在知识的海洋里穿梭。一个戴眼镜的青年人上下打量我，然后问："第九十六题，小说《堂吉诃德》的作者是谁？"我连忙回答："是塞万提斯。"他摇摇头："你这样的回答就很不严谨，应该是朱盖尔德·塞万提斯·萨维德拉，这才是小说家的全名。"我拿起笔，问："朱盖尔德是哪几个字？"他很认真地在我的笔记本上写好这位西班牙伟大作家的全名。我在书店门口消磨一下午，晚上回家，就在塞万提斯前面加上朱盖尔德后面加上萨维德拉。我用了将近一个月的时间，终于把那一百道题做完了，报纸已经又脏又破，赶在截止日期前塞到一个信封里寄到报社。全中国大概有一百万人参加这个比赛，我本来希望能获得一个三等奖，最后却连一个纪念奖也没得到。

现在，我只记得住圆周率后面十位，十分之一的元素周期表，年过四十，学无所长，每周都看《开心辞典》《SK 状元榜》，闲来翻一翻《大不列颠百科全书》，梦想着能参加一次电视知识竞赛，梦想着春妮坐在我对面，向我提出一长串问题，我应答如流，最后她手里的卡片全用光了，也没有一个问题能难倒我。春妮敬佩地看着我，听我给她讲知识竞赛这一电视节目的由来："春妮啊，你知道吗？第二次世界大战期间，一位英国皇家空军上尉，在德国的战俘营里度日如年，他每天要面对的三个问题是——你的姓名、军衔、战俘编号，除此之外，再没人多问他什么。战争结束之后，他成了一个电视制片人，为了报复那段只能回答三个问题的日子，他开创了一个名叫 Mastermind 的测验节目，把英国人流行的知识测验变成了电视秀。1972 年，第一场比赛在利物浦大学举行，当时 BBC 管理人员认为，这个节目太高眉，安排在深夜播出，但收视率惊人。你们都知道《谁能成为百万富翁》，这个节目之所以有名，是因为给的奖金太高了，英国还有许多知识竞赛的节目啊。"

好几年前，我和 COCO 李小姐一起去英国采访，COCO 李是上海一家公关公司的职员，给我当翻译。我们从伯明翰开车到利兹去看一场足球赛，开车的是一家赌博公司的主管，叫鲍勃，路上无聊，他忽然提议："我们来互相问问题吧，你问我一个你知道答案而你又认为我不知道答案的问题，然后我问你一个我知道答案而我认为你不知道答案的问题。"我完全晕了，经过 COCO 李的再三解释，我总算明白过来，他要玩 Quiz。

英国小酒馆里能见到 Quiz 试卷，一张纸上有二十个问题，大多是同一门类，比如伯明翰的工业革命历史或者曼彻斯特足球队的历史。但我没想到，两个人还能互相 PK，鲍勃说：“你先问吧。”

出于客气，我提了一个很简单的问题：“英格兰队只拿过一次世界杯冠军，请问是哪一年？”鲍勃倒是非常认真地回答：“1966 年，我们加时赛打败了德国。”接着他问：“你知道英国是从哪一年开始在全国实施格林威治时间？”

我们这样问了几个回合，很快我就被难住了，鲍勃要向 COCO 李解释什么叫儒略历什么叫格里高利历，英国为什么迟于意大利上百年才更新历法，他跟 COCO 李说明白之后，COCO 李再用中文向我解释，等鲍勃确认我们两个都明白之后，他叹了口气：“这些知识都没用了，现在有一个网站叫谷歌，你有什么不知道的事情，都可以在上面查找，这个网站以后会非常厉害，什么都可以在上面找到。”

鲍勃当时来往于香港和英国，他判断，他的赌博公司有可能进入中国大陆，他知道中国人喜欢赌，如果每一个体育场外都有他们的一个投注点，那他们就赚大发了。我跟他说，这事儿可不容易。私下里和 COCO 李说，就算等到英国人再拿一次世界杯冠军，他们的赌博公司也不会开进大陆。此后没多久，鲍勃的公司就撤掉了香港办事处。我再也没见到过鲍勃，但一直在使用他推荐的谷歌。我也有好几年没见到 COCO 李。

有一天下午，我在家里看书，手机显示一个上海的电话号码，我接通了，有个女声很客气地说：“我是 COCO 李。你还记得我吗？”

我说：“记得，记得。”

COCO 李告诉我，英国有一家门萨俱乐部，号称是世界上智商最高的一帮人组成的俱乐部，英国还有一家俱乐部，叫“你知道的太多了”，You Know Too Much Club，简称 You Know Club 或者是有脑俱乐部，是世界上一帮知识最丰富的家伙组成的，他们常年参加各种知识竞赛，获得好多大奖，这个有脑俱乐部两周之后要在香港开一个亚太地区的年会。

“你觉得有意思吗？”COCO 李问。

“有意思。”

“那你和我去一趟香港？也不一定要写什么报道，你先跟我去了解一下。”

我到了香港才知道，COCO 李如今的头衔是“你知道的太多了俱乐部中国大陆首席代表”，她从上海飞香港，航班比我早到半小时，就在机场等着我，一起坐小火车进市区。我们两个好几年没见，原来她是个青涩的小丫头，现在则是熟女范儿，穿一件黑色的裙子，光着两条腿，一双 Giuseppe Zanotti 的凉鞋。她这几年干过电子商务网站，还在电视台承包过一个财经类节目，哪里能闻到钱味儿就奔哪里去。我盘算着，要是她把有脑俱乐部引进大陆，每个会员收一千块年费，招一万个会员，再忽悠点儿赞助费，举办点儿活动，不干什么正经事儿，也能轻松赚上一笔。我心里是这些肮脏念头，表面上很客气地聊天，来过几次香港，对香港熟不熟，哪里有卖便宜的化妆品等等。

本来我以为有脑俱乐部年会这样的活动，怎么也能住到半岛酒店去呢，不料我们是在尖沙咀一个略微破旧的四星级酒店下榻，酒店大堂里竖着一块不起眼儿的牌子，上面用中英文写着“你知道的太多了”。大堂里坐着一位中年人，穿着件黄色T恤，二头肌很发达，戴着黑框眼镜，见了我们就迎过来。T恤上有一行小字——You Know Too Much。COCO李给我们介绍：“这位是有脑俱乐部香港分舵的舵主，斯蒂文·冯。”我们热情握手，交换名片。斯蒂文笑起来露出白灿灿的牙，他的头发也有点儿花白，看上去不过四十岁，那片白头发显得非常时髦，整个人斯文又有型。他的普通话也很标准：“今天是报到时间，没什么活动安排，你可以先回房间休息一下。”

我和COCO李上电梯，她说，一会儿她要和斯蒂文一起去迎接有脑俱乐部的全球主席，那是个英国人，专门从伦敦飞来香港参加年会，所以晚饭要我自己料理。初步确定，第二天下午给这位主席先生做个专访。酒店的房间很小，我放下行李，没看到哪里摆着欢迎信或会议日程之类的材料，床上倒是有一个塑料袋，装着一件黄色T恤，打开看，上面果然也印着“你知道的太多了”，我洗了个澡，把这件“有脑T恤”套在身上试了试，太大了，质量粗糙。在床上躺了半小时，决定出门转转。

我到海港城转了一圈，然后坐小船到中环，再去铜锣湾附近的一家购物中心。每次到香港，我都会坐一回天星小轮，每次都觉得维多利亚港变得更窄了。据说香港人喜欢填海，没事儿就往海里头扔石头，再在上面盖楼，号称是海景房，等这房子卖光了，再在前面填海，再卖海景房，早晚有一天，维多利亚港会被他们填满，中环和尖沙咀连成一片。多年前我第一次来香港，是来看赛马，邀请方特别关照，在包厢里看赛马，要身穿西服，我就带着自己唯一的一件西服前来，那是件羊绒西服，在香港穿上那玩意就跟裹着个棉被似的，弄得我满头大汗。那一次同来的朋友，夜里嚷嚷着要去旺角逛红灯区，我们打了辆出租车前往电影里看到过多次的旺角，找到了酒吧，门口看门的龟奴听见我们的普通话死活不让我们进去，好歹找到一家开门接客的，柜台里一溜排开四五个姑娘，老板娘说，请我们的小姐喝杯酒吧，我们点了酒，招呼姑娘一起喝，这才发现，陪酒的姑娘聊天都要用英语，大家结结巴巴地聊了几分钟，纷纷询问有没有东北的，随后就扫兴而归。我们那次住在文华东方，就是后来张国荣跳下来的那个酒店。那次香港之行，让我落下个毛病，此后每到香港必去买一件西装，亚麻的纯棉的或者厚实点儿的，以解我当年只有一件西装之恨。我在铜锣湾又买了件打折西装，拎着购物袋回到酒店，到了门口忽然觉得惭愧，我是来参加有脑俱乐部活动的，如果可能，我还要申请加入有脑俱乐部，怎么能拎着个购物袋呢。此时我看到一辆出租车在酒店门口停下，下来两个外国人，身材高大，都穿着“有脑”的明黄 T 恤，像两个圆滚滚的柠檬，司机打开后备箱，这两个柠檬就往外掏东西，全是购物袋。香港果然不负“购物天堂”之美誉，世界上最有知识的人到此也免不了 Shopping 一把。

第二天刚吃过早饭，就接到 COCO 李的电话，安排有变，问我能否在十一点采访有脑俱乐部主席罗宾先生，地点是酒店咖啡厅。COCO 李和我在大堂会合，她介绍说，这位罗宾先生是伦敦的一位出租车司机，业余时间酷爱读书，有一年闯入 Mastermind 电视大赛，恰好决赛题目是伦敦景点和历史，他轻松夺冠。此后他多次参加各类知识竞赛，但还没有放弃出租车司机的工作，去年在有脑俱乐部全球年会上当选主席。咖啡厅其实就是吃早饭的地方，服务员正在从布菲台上撤下各类食品，罗宾先生和斯蒂文坐在角落的一张桌旁，这位罗宾先生五十来岁，红脸膛，胳膊上的毛发很重，一双大手也很有力。他面前摆着一杯黑咖啡，白色桌布上散落着面包屑，整个采访过程非常顺利，他先讲述自己的故事，每天开着出租车穿梭于伦敦大街小巷，遇到外国游客，不由分说就把他们拉到大英博物馆或者大英图书馆，他最喜欢读历史和地理方面的书，最欣赏的人是达尔文。接着介绍“有脑俱乐部”，全球大概有两千多名会员，分伦敦总部、欧洲分部、亚太地区分部、北美分部，此次来香港参加年会的大多来自亚洲，还有几位来自澳大利亚和新西兰。六成会员都是各类知识竞赛的获奖者，但加入“有脑俱乐部”还必须通过俱乐部自己组织的知识测验，俱乐部的宗旨并不是“渊博”，而是“最小限量的常识”。罗宾先生说，有一位历史学家，名字叫罗伯特·康奎斯特的说过，每个受过教育的人都应该有“最小限量的常识”，什么是“最小限量”呢，“即便他不懂科学，也应该听说过孟德尔和开普勒。即便他是个音盲，也应该知道点儿德彪西和威尔第。即便他不通历史，也应该知道点儿古希腊古罗马神话，知道康德和蒙田，知道提图斯·奥茨和提比略·格拉古”。

COCO李翻译得一直非常流畅，但到这里遇到了麻烦，她嘀咕着“提图斯·奥茨，提比略·格拉古”，颇为疑惑地望向斯蒂文，斯蒂文低声说：“提图斯·奥茨是英国历史上的一个人物，提比略·格拉古是古罗马时的一个执政官。”

我请罗宾先生在采访本上写下这两个名字，然后问：“罗宾先生，我不知道这两个人是谁，但我回到房间里查一下谷歌不就知道了吗？”

“是的，但你只是知道了两个人名。毛泽东只是一个名字吗？珍珠港只是一场标注了时间和地点的战争吗？梭罗在瓦尔登湖边想了些什么？这些是互联网不能回答的。”罗宾先生的两只大手揉搓起来，“最近，我参加了一个很特殊的知识测验，一方是三个有脑俱乐部的会员，一方是三个年轻人，他们可以用黑莓手机上网查找任何资料，我们一共测验了六十道题目，结果你猜，到底是哪一方获得了胜利？”

罗宾先生笑得鼻子头都红了，我心里暗骂一句“Shit，当然是你们丫胜了”，可还是故作惊奇地问：“你们胜了？”

罗宾的大手往桌子上一拍：“是的，我们胜了。”

他哈哈大笑，斯蒂文、COCO李也开心地笑了。十二点过十分，采访顺利结束，斯蒂文陪罗宾先生外出公干，我和COCO李到酒店外一家茶餐厅吃中饭。COCO李用筷子拨弄着盘子里的一块叉烧：“罗宾为什么是一个出租车司机呢？”

我装傻："有什么不好吗？我觉得出租车司机这个身份最有意思了。"

COCO 李终于说了实话："这个俱乐部中国人都不知道，你要给他们介绍这个俱乐部很高端，都是知识分子，起码都是知道分子，可这个俱乐部的主席是个出租车司机，这一来，谁还会参加这个俱乐部呢？"她用筷子扎着那块叉烧肉："你能不能在文章里不提这个？"

"不提出租车司机，只说罗宾先生是有脑俱乐部主席？"

COCO 李妩媚地笑了："他本来就是主席啊。"

面对漂亮姑娘，我总不能坚持自己的立场，但我也不想让 COCO 李抓住我的弱点："还是明白告诉读者更好，你以后招收的会员，总会知道他们的主席是开出租车的，你不能骗他们。你知道英国有个作家叫毛姆，写过一个小说叫《刀锋》，主人公是个叫拉里的年轻人，第一次世界大战参军，退役之后不过二十岁，可他既不想上大学，也不想当商人，他跑到巴黎学希腊语，看书，最后回纽约，就想当个出租车司机。他的未婚妻伊莎贝尔说，你学知识，可知识派不上用场，就等于浪费时间。而拉里坚持认为，知识给内心世界带来的满足就是最大的用处。我看你们的罗宾先生，就是这样的人。"

COCO 李这一回是真的笑了，上身很自然地往桌上一低，露出乳沟："这么一说就显得深刻多了。要不说你是大记者呢，就跟那些小记者不一样！"

后面的半顿饭，基本上就是 COCO 李不露声色地夸奖我，我被她忽悠一番，决定当天下午就整理出罗宾先生的采访录音。

下午四点，我正在屋子里整理笔记，有人敲门，我以为COCO李再来向我施展乳沟大法呢，开门一看，是一位三十来岁的小伙子，长头发，戴着眼镜，他说：“苗记者，您好。我叫许一鸿，我能和您聊一聊吗？谈谈You Know Club，就是你知道的太多了俱乐部。”

我把他让进屋，屋里只有一张大床和一把椅子，他在椅子上坐好，我坐到了床上，许一鸿略显拘谨，瞥了一眼桌上的电脑，说：“您在写文章？我打扰您了吧？”

“别老您您的，你就可以了。”

他干笑了一声，清清嗓子：“我是从厦门来的，到香港是想参加有脑俱乐部的年会，我知道，这个俱乐部还没有在大陆招收会员，我想参加这个俱乐部，所以就来看看。我一直关注有脑俱乐部，一直看他们的官方网站。”

“你觉得这个俱乐部有意思吗？”

“应该很有意思吧。”

“我只是来报道他们的年会，要参加他们这组织，好像你得找COCO李小姐。”

“我和COCO李小姐谈过了。”许一鸿低下头，看来他们谈得并不愉快。

“谈得怎么样？”

许一鸿扶了一下眼镜，镜片后的小眼睛精光一闪：“你觉得她有资格担任中国有脑俱乐部的主席吗？”

“不是主席，这名称太吓人了，她只是一个代表，首席代表。”

“我觉得我更适合做这个代表。”许一鸿沉稳地说，“我首先认为有脑俱乐部这个名字不好，应该叫求知俱乐部，大家聚在一起是为了探求知识。知与识不是一回事……”

我连忙打断他：“你哪方面的知识比较多呢？”

“我什么都知道一点儿，哲学、数学，但最近几年，我一直都在看历史。”

“历史？哪一段历史？”

“全部，全部的中国历史。”

“有什么发现吗？”

许一鸿刚要开口，房间里的电话响了，是COCO李，她说，俱乐部晚宴是晚上八点，在一家叫万珍楼的中国餐厅举行，晚六点是酒会，就在饭店的咖啡厅，这两个事儿她中午吃饭时已经告诉我了，此时又打电话通知一番，然后她说：“你在忙什么呢？要去喝杯咖啡吗？”

我说，我在整理录音，晚上见吧。

挂了电话，我又动了坏念头，这个COCO李大概是不愿意让我见到许一鸿，特意打来电话试探一下。我坐回到床上，点了根烟。

许一鸿挥手拒绝了我递过去的烟，接着刚才的提问说了下去：“我的发现就是中国历史是由许多谎言构成的，谎言相互交织，谎言维系统治，一代又一代人传递谎言。我上中学的时候语文课本里就有一段《史记》，《廉颇蔺相如列传》里的一段，秦王喝多了，让赵王鼓瑟，赵王鼓瑟，秦御史前书曰：某年月日，秦王与赵王会饮，令赵王鼓瑟。后来蔺相如逼着秦王击缶，召赵御史书曰：某年月日，秦王为赵王击缶。你看，秦国的历史和赵国的历史就是这么写的。英国首相丘吉尔说过，打赢一场战争之后，不算完，还要力争做第一个阐述历史的人，那才是完整的胜利。大概为了亲自贯彻自己的思想，丘吉尔动笔写了好几部大部头的历史书，第一次世界大战，第二次世界大战，他都写了很长的专著。”

许一鸿在一家证券公司上班，月薪两万起，他的偶像是维特根斯坦，他希望四十岁之前凭借自己运作基金的本事赚到足够退休的钱，然后用十年到二十年的时间写两本书，其中一本将一劳永逸地解决中国历史的问题，另一本的主题还没有确定。那天下午我们谈了一个多小时，自打大学毕业之后我就没有再听到如此云山雾罩充满智慧的谈话了，我不敢肯定他对历史的分析以及对维特根斯坦、拉康的理解是否正确，但我多年的记者生涯还是让我明白，一个人谈论自己不懂的东西总会露出马脚，我的职业让我总是要谈论或询问我不懂的东西，提一个问题都磕磕绊绊言不及义。许一鸿胸中有沟壑，他偶尔抬头望向窗外香港阴郁的天空，用半个小时的时间向我讲述了鸦片战争、割让香港的来龙去脉，义律、颠地、林则徐都是些什么样的人，为什么林则徐会被后世塑造成一个英雄。历史上众多英雄都是吹牛吹出来的，托马斯·卡莱尔坚称，历史是由伟大人物塑造的，这位英国历史学家忽略了一点，那就是，一个民族必须靠吹牛才能获得生存下去的自信。

忽然，他停下来，看看手表：“快六点了，酒会要开始了。”

“是啊。”我也看看手表。

“我能和你一起去参加酒会吗？”许一鸿再无宣扬自己知识时的自信，很腼腆地问。

“可以，应该没问题。”

我们两个下楼，原来他也在这家酒店住下了，房间号是108，他说，香港好像比厦门要热很多，欢迎我去厦门看看。到了大堂，就看见COCO李站在咖啡厅门口，我若无其事地走上前去：“嘿，这位叫许一鸿，从厦门来的，他想参加有脑俱乐部呢。”

COCO李笑了：“我们见过了，许先生好。”

“你好。”许一鸿微微欠了一下身子，两个人没有握手。

“开始了吗？”我探头向咖啡厅里张望。

“嗯，有不少人了。”COCO李说，“这个酒会和后面的晚宴，都是有脑俱乐部的会员才能参加，严格意义上来说，我还没有资格参加。因为有脑俱乐部还没有在中国大陆招收会员。”她看着许一鸿加了一句：“非常抱歉。”

出乎我的意料，许一鸿非常有教养地说：“我贸然前来，已经很唐突了。不打扰了。”说罢，他转身就走了。

我觉得被驳了面子，COCO李已然又是一副笑脸：“斯蒂文这个人太有意思了，他表面是岭南大学的讲师，实际上还是一个秘密社团的头儿呢，专门从事破坏活动，到处搞抗议。你应该好好和他聊聊。”

比之中午采访罗宾先生时，咖啡厅里多了些布置，有气球，上面写着“你知道的太多了”，有鲜花，斯蒂文手拿一沓打印好的A4纸，端着一杯香槟和众人寒暄，COCO李领着我走向前：“斯蒂文，说说你们的掟烂社。”

“掟烂社。”斯蒂文用粤语重复了一遍。

“你们要打烂什么东西呢？”我问。

“我们就是反对屏幕，鼓励大家多读书，少用电脑，也少用手机。现在最厉害的传播媒介就是屏幕啊，手机、电视、电脑，都是屏幕，人们从屏幕上获得的讯息比从书上多。”

“那你们组织过什么抗议活动呢？”

“也不是抗议了。iPad在香港发售的时候，我们去发过传单，希望那些排队买电脑的人能多读书。有些写字楼或公寓里，增设了电子显示屏，我们就会去抗议一下。我们所做的是一种文化干扰，You know，Cultural Jamming。”

这时候斯蒂文嘴里冒出来的“You know”并不是“有脑”，而是个语气词，他接着给我讲解什么叫“文化干扰”——“You know，有些团体专门和户外广告作对，他们会给麦当劳叔叔的大嘴涂上‘油腻’两个字，还会给耐克的广告捣乱，指责他们是血汗工厂，这都是一种文化干扰，我们要做的就是维护书本的传统文化价值。电脑的确有好处，技术当然很好，但是我们现在面临的问题是，整个社会都低龄化、碎片化，书本所代表的那种成人的智慧、思考和专注的能力，都受到轻视。”

斯蒂文接着介绍有脑俱乐部香港分会的情况，他讲起话来要比许一鸿更文雅也更有魅力，还知道适可而止，他从那沓A4纸中抽出一张递给我：“我们每次聚会都会有一个Quiz问卷，是个助兴的节目，这是今天晚上的问卷，你可以先看看。”

我接过那张纸，斯蒂文微笑着说：“我还要招呼一下客人，失陪了，晚些再聊。”

我低头看那张Quiz问卷，上面用中英文正反面印着二十个问题，都是关于香港的历史，都是选择题，四个答案选择其一，我正琢磨能答出来几个，就听到COCO李在边上说：“你说这个人怎么这么没有教养？”

我抬起头，咖啡厅里聚了三五十人，罗宾先生身边围了五六个人聊得正欢，许一鸿瘦削的身影也摇曳其中，COCO李沉着脸，一时还不知道如何发作，我对她说：“别着急，我去请他离开。”

我走过去，拉着许一鸿的胳膊就往外走，到了大堂，我把手里那张问卷递给他：“回屋去把这些问题都答出来，我过一小时去取。”

许一鸿看了一眼问卷：“答好了就能加入俱乐部？”

“这我不知道，你先帮我答完了再说。”

回到咖啡厅，COCO李开始向我抱怨：“这孩子太无礼了，我又不是不让他参加俱乐部，我只是说，回去之后我会再联系他，俱乐部怎么组织怎么展开活动还没有确定，他非要去打扰罗宾先生干什么？他想跟人家说什么？”

“他没想说什么，他大概就是想看看，这帮世界上知道的事儿最多的人都长什么样子，都聊什么呢。”我说。

这类社交性的酒会我倒是参加过好多次，最好看的还是某些奢侈品、商业杂志举办的酒会，有娱乐界人士穿梭其中，有高挑的美女，男人们都西装笔挺。眼前这个酒会，人人都怪模怪样的，穿着件黄色的粗制滥造的T恤，有一组韩国妇女，聚在一起叽里呱啦地聊天，COCO李介绍说，韩国的电视知识竞赛很多，其中最火爆的一个节目是家庭主妇百科问答，所以有脑俱乐部韩国会员以家庭主妇最多，她们聚在一起讨论最多的是怎么做泡菜，去哪里打高尔夫球，交流美容经验。一个颤颤巍巍的老太太端着一杯茶走到我面前，那个茶杯倾斜成45度角，里面的确有小半杯茶水，COCO李介绍说，这位女士是澳大利亚人，对昆虫学最有研究。“你有什么关于虫子的问题想问吗？”老太太望着我，希望我能问出一个有见地的问题，我慌乱之间想不起来有什么东西算是昆虫，我问：“澳大利亚有恐龙吗？”老太太点点头：“有，我就是来自澳大利亚的恐龙，老了，行将灭绝，行动起来也不方便。”老太太被自己的幽默感逗得哈哈大笑，我和COCO李都陪着她笑，老太太接着念叨：“你从哪里来？啊，北京，好地方，紫禁城，长城，烤鸭，我不知道还能不能再去一次北京了，我上一次去北京还是十年前呢。”COCO李说：“也许明年，有脑俱乐部会在上海或者北京召开一个年会，有脑俱乐部要进入中国了，到时候欢迎你来啊。”老太太的茶杯更斜了，里面的水荡漾着还没有冒出来：“是的，是的，我会去的，澳大利亚的恐龙并不那么容易死。”

我在这个场子里转了一圈，实在不知道插入哪个圈子聊天，咖啡厅有一扇玻璃门，外面是个很小的花园，我决定到那里去抽支烟。刚点上烟，就有个小老头儿推开玻璃门跟了出来，他穿着一件白色麻西装，里面是那件明黄色的T恤，白裤子，一双黑白相间的皮鞋，身高不到一米六，他拿出一盒“七星”，点上烟，深吸了一口。

“韩国？”他问。

“中国。”我说。

“哟西。”他说。

这个小日本深吸了两口烟，忽然唱了起来，旋律极其熟悉，歌词含混不清，但听到第四句我终于听出来了，他唱的是“五星红旗迎风飘扬，胜利歌声多么响亮，歌唱我们亲爱的祖国，从今走向繁荣富强”。他是用汉语在唱，发音不是很标准，但一股脑地已经“越过高山，越过平原，跨过奔腾的黄河长江”。他一边唱，一边摇晃脑袋，邀请我加入合唱，我只好跟着他哼完了第一段。幸亏小日本唱完这段就停了下来，他把烟屁股掐在自己随身携带的一个小烟灰缸里：“我会唱你们的国歌。”

“你唱的不是我们的国歌。”

“我会唱你们的国歌，这个不是，我也会唱你们的国歌，你们的国歌是打我们的，所以我不会唱你们的国歌。”

小日本的汉语说得有些古怪，但我还是明白了他的意思：“你还会唱哪些中国歌？”

“很多，但我会唱最多的是国歌。”

“什么？”

“我会唱六十个国歌，六十个国家的国歌，我都会唱。”这个小日本说话，完全是抗日题材电视剧里日本鬼子的腔调，“我叫中田。”

“中田英寿。”

“啊，你知道中田英寿？”

“知道。”

“你也喜欢看足球？”

“喜欢。”

“我唱歌就是看足球学习的。足球比赛开始前，两个队排好，唱国歌。我看了好多足球比赛，所以会唱好多国歌，六十个国歌。”

“那你给我唱一个韩国国歌。”

中田先生张嘴就唱，但只唱了两句就停了下来：“这就是韩国。我不能多唱，唱歌要喝酒，我喝完酒之后，会很高兴地唱歌。我要进去喝香槟了。”

七点半不到，斯蒂文就招呼着客人前往晚宴地点，万珍楼，出酒店步行十分钟就是了。我先跑到108房间，许一鸿已经将那份问卷答完，我揣在兜里，再出来，八十位客人走得稀稀拉拉，我跟着COCO李往饭馆去，街边是卖电子产品的小商铺，不时有几个客人停下来打听价钱。万珍楼是一家中餐馆，一楼有十来张小桌子和两张大桌，一队大陆旅行团正在导游的带领下进入饭馆，二楼是八张大圆桌，桌上已经摆好了烧鹅、花生米、白切鸡等凉盘，“你知道的太多了”俱乐部香港年会最隆重的一场晚宴就在这里举行。

主席罗宾先生率先发言：“很高兴我们的年会在香港举行，感谢斯蒂文先生。香港是一个经济中心，这里的人们很愿意谈论钱，但斯蒂文先生成功地把有脑俱乐部引进到这里，使之成为一个探索知识的社交组织。这也是我们的宗旨，我们不仅关心怎么样生活，我们更关心怎么生活得更好，更有智慧。”

我和COCO李、中田先生还有几位韩国妇女坐在同一张桌上，每当罗宾先生的演讲告一段落，我们就鼓掌。但听得罗宾先生说道：“最近，我参加了一个很特殊的知识测验，一方是三个有脑俱乐部的会员，一方是三个年轻人，他们可以用黑莓手机上网查找任何资料，我们一共测验了六十道题目，结果你们猜，到底是哪一方获得了胜利？”

中田先生率先站了起来，双手举过头顶，像庆祝足球比赛中的进球：“我们！”

饭桌上的人七七八八地都喊了起来：“是的！”“我们！”

罗宾先生很兴奋地挥舞了一下拳头：“是的，我们。”他语速飞快地又说了一段，我听不懂他在说什么，但我知道，他的演讲结束了，要开饭了。

八个服务员鱼贯而入，将鱼虾肉等热菜摆到了桌上，最后，每个服务员手拿一个托盘上来，托盘里正是“香港历史知识问卷”，还有几支铅笔，他们将这个盘子放到清蒸鲑鱼和炒芥兰之间。每一桌的客人都拿起筷子，伸向面前的菜。

中午罗宾先生曾跟我说过，这个有脑俱乐部不是聪明人俱乐部，也不是非凡记忆力俱乐部，它的成员是一帮各类知识竞赛的积极参与者，他们聚在一起并不为炫耀，他们只是对多知道点儿事情有特别的热情，而多知道点儿事情，并不说明他们智商更高，更和智慧没啥关系。这顿晚宴充分说明了这一点，八张桌子上的人都在吃饭，谁也不会在吃饭的时候显现出自己的博闻强记。中田先生叫了几瓶朝日啤酒，倒满一杯，喝上一大口，然后很夸张地咂巴一下嘴，他不吃主食，也很少吃菜，只是一口接一口地喝着酒。

酒过三巡，中田先生开始说话，他好像是对我说，也好像是对旁边一个韩国主妇说，叽里呱啦的谁也听不明白。COCO 李夹起来一根蔬菜，轻声说："斯蒂文告诉我，这位中田先生每次都要讲他的发明，他说他发明了新型的交通系统，个人交通工具采用发条，平常上紧发条，上班的时候打开，发条带动车轮，你就上班去了。公共交通采用过山车原理，势能转化为动能，大家坐着过山车也可以去上班。"果然，中田君正在用手比画波浪形的过山车和拧紧发条，很是兴奋地看着边上的韩国主妇，那位女士频频点头表示赞许，中田先生端起酒杯喝了一大口，又叽里咕噜地说了一番，那意思显然是，这么了不起的发明居然不能被采用，不能造福人类，实在是日本汽车工业在阻挠。

COCO 李对饭桌上的气氛肯定有些不满，她放下碗筷拿起托盘里的 Quiz 问卷："哟，好像都是历史题，我对历史可是一窍不通。"

我说：“要是经济学的题目你就能做出来了。”

她没听出来我话语中的讥讽，听出来了也假装不理睬：“你帮我做一份？”

我夹起来一块鱼：“我也不会。”

她起身去卫生间的时候，我把兜里那份许一鸿已经答好的问卷拿了出来，桌上的几位韩国主妇也商量着在选择答案，服务员开始撤桌，我在问卷上签下 COCO 李的名字，放到托盘里，那几份问卷连同吃剩下的鱼骨头一起被撤下。

接下来是甜点时间，服务员端上果盘，也有人点了冰激凌或咖啡，中田先生兀自喝着啤酒，我趁这个工夫出去抽烟。等我回到二楼的时候，中田面前已经换了一杯三得利威士忌，我的咖啡也上桌了。罗宾先生在主桌那里站起身来，他身边坐的是那位澳大利亚老太太，颤颤巍巍地喝着一杯英国红茶，罗宾先生朗声说道：“我们这次在香港开年会，Quiz 题目自然和香港有关，我来宣布一下获胜者，那就是 COCO 李小姐。”

众人鼓掌，COCO 李有些诧异地走上前，罗宾先生说：“这次的奖品非常特别。”他从斯蒂文手中接过一张纸，向大家展示，“这是你知道的太多了俱乐部中国大陆 001 号会员的证书。我们很高兴地欢迎 COCO 李成为你知道的太多了俱乐部一个新的区域的第一号会员，也恭贺她在今天晚上的 Quiz 中获得优胜”。

COCO 李接过证书，和罗宾先生合影留念，这就是晚宴的高潮部分。等水果和咖啡用完了，桌上的诸位随即准备作鸟兽散。

COCO李回到我这桌："是你帮我答了Quiz？"

"不是我，是那个小许答的。"

COCO李不动声色："斯蒂文和罗宾要去兰桂坊一带逛酒吧，你要一起吗？"

"你们去吧，我就不去了。"我指了指中田先生，"我还想听他唱国歌呢。"

万珍楼上风云际会的You Know Too Much晚宴结束了，宾客纷纷散去，中田终于喝光了他的威士忌，他站起身，叫住正打算离去的罗宾："罗宾，来，听我唱歌。"随即他就唱起了《天佑女王》，罗宾和斯蒂文都驻足，澳大利亚老太太居然应和着一起唱，好在中田只唱了一段，罗宾、斯蒂文、COCO李等人脱身而去。中田立在楼梯处，回身望着从他身边绕过去的宾客，他念叨着："没有法国人，没有法国人。"

我走过去拉住他，搀着他下楼，他开始唱《马赛曲》，等出了饭馆的大门，他已经开始唱《星条旗永不落》，这时候，许一鸿又冒了出来。

我问他："你吃过饭了吗？"

他说："我就在一楼吃的，万珍楼，你们在楼上，我在楼下。"

中田忽然拉住许一鸿："我有一个发明，过山车，用过山车来做交通工具，两百公里，全是过山车，我对交通最有研究，飞机、火车、轮船、汽车、过山车，你可以问我任何问题，我都能回答上来。世界上最早的客运火车线路？太简单了，是从利物浦到曼彻斯特。罗伯特·斯蒂芬森的行星号机车？那是 1830 年建造的。日本新干线，哈哈，这个太简单了。”中田就这么自问自答起来，然后开始自己的角色扮演，他先装成电视主持人问一个问题，又装成回答问题的参赛者，他右手的食指向前一伸一伸的，我听不懂他在说什么，但看得出来，他那根手指是在按抢答器。

我和许一鸿看着这日本醉鬼表演，他踉跄地向前走着，手指坚定有力地按向抢答器，我点上一支烟，说：“又一个谎言诞生了，COCO 李获得 Quiz 比赛的优胜，成为有脑俱乐部中国大陆 001 号会员，而那份答卷是你做的。”

许一鸿摇摇头：“这个无所谓了，我不打算参加这个俱乐部了。”

“为什么呀？”

“还是一个人比较好，加入一个群体，很可能智力会下降呢。”

中田先生终于停了下来，他从口袋里摸出一支烟，我跟许一鸿说：“这老头儿会唱六十个国家的国歌呢。都是看足球比赛时学的，真厉害。”

中田深吸了一口烟：“是的，足球，巴西，巴西最厉害。”他唱起了巴西国歌，这首歌的确在电视转播中出现的频率很高，我的印象是它非常之长，唱巴西国歌的时间足以唱四遍日本国歌，唱完之后，中田又说：“墨西哥，墨西哥。”他唱了起来，这一回我可不知道他唱的到底是不是墨西哥国歌了。

“你要参加这个俱乐部吗？”许一鸿问我。

“没有，我从来没想过。”我说。

这又是一个谎言，我也许没想过要加入你知道的太多了俱乐部，但我的确想过要参加电视知识竞赛，想过很多次，想了很久，不管是《开心辞典》还是《百万富翁》。我做过许多次白日梦，过关斩将，我甚至设想过这么一个情节，你知道吗，好多知识竞赛里有这样一个环节，遇到你不会的问题，你可以打电话向亲友求助，我一直没有用过这个手段，但到最后关头，主持人提出了最后一个问题，我知道答案，但我要求使用电话求助，我打电话给我爸爸，告诉他，从小您就让我背唐诗圆周率元素周期表，终于派上用场了，我正在参加电视知识大赛，要拿冠军了，拿了奖金我带您旅游去。最后几秒，我挂断电话，说出答案。全场掌声雷动。中田先生终于开始唱《君之代》了，我们终于走到酒店门口了，我知道此后我再也不会做这样的白日梦了，我见识了世界上最为博闻强记的一帮人，他们知道的太多了，和他们相比，我就像个傻蛋一样。

黑夜飞行

1

北京原来有个地方叫“熊猫环岛”，是在北三环安华桥出去一公里处，立着一个两层楼高的熊猫雕塑，建于1990年亚运会之前，拆除于2008年奥运会之前。熊猫盘踞于此十多年，屁股底下是花坛和草坪，汽车沿环岛而行，都在大熊猫的影子下。有一年夏天，黄昏时分，陈皮打车从这里经过，看见有一人站在熊猫的脑袋上，双臂平伸，整个人呈十字架状，车绕环岛左转，陈皮回身去看，那人振动双臂，如同一只鸟抖动翅膀。陈皮相信，那是一个会飞的人，落在熊猫头上只是歇息一下。可惜陈皮没能看见他飞起来。过了好多年，有一天夜里，陈皮打车从朝阳公园东门经过，那边有个“体育乐园”，门口竖立着NBA球星奥尼尔的雕像，高约十米，黑乎乎的大铁塔一般，在奥尼尔的脑袋上，赫然站立一人。陈皮立刻叫司机停车，熄了灯，但汽车的声响还是惊动了那人，但见他两只胳膊抖动起来，一跃而起，向着公园里的树林飞了过去。陈皮很久才回过神儿来，他问司机：“你看见了吗？”司机茫然地反问：

“看见什么？我什么也没看见啊。”

有人能看见神迹，大多数人看不到。如同中世纪有人看见耶稣显圣，陈皮确信自己看见黑夜之中有人飞行。陈皮也想在某个夜晚飞行于天际，有时，站在二十五层自家的阳台上，双臂伸展，感受着迎面而来的风，总有纵身一跃的冲动，他知道，这么跳下去肯定是坠地而亡，起飞的地点可以再低一些。在他家楼下，也有一座雕塑，是一个巨大的海螺，但形状怪异，周围居民称之为“大屎橛儿”，高约三米，从这个屎橛儿上起飞更为安全。当然，首先是飞到大屎橛儿上，然后再向更高处飞行。

陈皮八岁那年看了电影《少林传奇》，在地坛公园拜了个师傅学长拳，师傅教导他，练武的目的是强身健体，要练出盖世武功，就要保持处子之身，师傅就是这样做的。两年之后，这位长拳师傅因心脏病去世。又过了几年，陈皮看到了武侠小说，顿觉自己的长拳没意思，他想习练九阴白骨爪，但北京城内很难找到新鲜的人头。陈皮上大学的时候认识一位叫杜仲的四川同学，两人都喜欢《蜀山剑侠传》。在学校的操场上，在满天的星光下，杜仲跟他说：“我高中三年，大多数时间都在峨眉山修行，我师傅能千里取人头，会飞，我也初窥门径。但来北京上学之前，我师傅封了我的穴位，不让我飞，让我认真学习现代科学。我师傅说，科学完全是一种西方体系，学好了能融会贯通，光耀本派。”一年之后，杜仲同学恋爱失败从物理系八层高的教学楼上纵身一跃，成为该大学该年度第三个自杀者。陈皮不明白，跳楼的人，在空中是否会有飞行的感觉。杜仲同学的去世，让他对人的心理产生了极大的兴趣，两年后，他考上了心理学的研究生，一方面钻研心理学，一方面继续他的武学修炼，他练的是武林中失传已久的摄魂大法。

拿到硕士学位之后，陈皮在一所中学当老师，教英语。学生们大都喜欢学英语，有个别孩子刚上高一就考完了托福。但也有害羞的学生，不敢开口说，陈皮就会小试身手，用上摄魂大法，他盯住那害羞的孩子，轻声说："Yes, you can." 那孩子便呆呆地回应："Yes, I can." 接着陈皮就说一个长句子，那孩子也会跟着他读下来，句子越来越长，直到陈皮背诵一整段课文，那孩子也能朗声跟着背诵下来，对自己的表现感到诧异。按照现代科学的说法，所谓摄魂大法就是催眠术，早就有研究证明，催眠可以减轻压力、促进学习。陈皮老师教的班，英语成绩连年进步，他也获得了优秀青年教师的称号。教务处主任让他写论文谈教学心得，他胡乱拼凑了一篇，自然不会提摄魂大法的威力。陈皮看过"疯狂英语"的录像带，他知道李阳李教主早就将摄魂大法引入英语教学，不过有点儿走火入魔。他还去"新东方"上培训课，见识功力深厚的俞教主，将学生天天置于白日梦中。

陈皮安心在中学里当一个好老师，每年两个假期，他就去游山玩水，拜访名山古刹。平常每天上两三节课，早饭午饭都在学校食堂解决。下了班自己在家做饭，有时候懒了就一个人去饭馆要一盘鱼香肉丝，多年前他所幻想的富足生活是想吃一盘鱼香肉丝的时候就能去吃一盘，如今他已经过上了他所盼望的富足生活。他不想要漂亮的衣服，不想要漂亮的汽车，他的体重多年来保持在六十八公斤，每天夜里会出去跑步。

他谈了几次不成功的恋爱，有过几段不太美妙的性关系。作为一个习练摄魂大法的人，他对那些意欲控制心灵的东西都有所警惕——广告、电视、书本、爱情。

那天夜里，陈皮跑出去五公里，往回走的时候，发现有一条狗跟在他身后，体型不是很大，应该是一条杂种狗，不声不响，陈皮加快脚步，那狗也加快，陈皮跑起来，狗也颠颠地跟上来，陈皮慢慢走，那狗也若有所思地踱步。路过一家二十四小时营业的小卖部，陈皮进去买了两根火腿肠，他坐在马路牙子上把火腿肠的包装撕开，狗盯着陈皮手中的食物。路上空荡荡的，街灯昏黄，有一辆金杯车极快地开了过去，那条狗很快就吃下去两根火腿肠，眼巴巴地看着陈皮，他到小卖部里又买了几根，还有一瓶水，自己喝了两口，剩下都给狗喝下了。把狗喂饱了，他起身想离开，他根本没打算收养一条流浪狗，但这条狗不吵不闹，像一个熟悉的朋友，跟着陈皮直到家门口。

陈皮把狗带进家门，从衣柜里翻出来一个旧毛毯打算先给它弄个窝，忽然，那狗对着电视叫了起来，那个电视是个老款的“海尔”，14寸，按下遥控器足有半分钟才出画面，狗坐在地上看电视，是午夜十二点的新闻，正在报道，说瑞士有个叫罗西的家伙，从飞机上跳下来，借助自身携带的装置，用十分钟飞跃了英吉利海峡。这个罗西，原来是空军飞行员，后来迷上了高空极限冲浪，他现在的装备是一套121磅重的喷气动力飞行翼，碳素纤维构架，四台由德国JetCat公司提供的小型喷气引擎处于折叠的双翼下方，还要携带一个可容纳3.5加仑燃料的油箱，听着就像是把一辆小摩托车绑在身上。这条新闻结束之后，那条流浪狗踱步到旧毛毯铺就的床上，陈皮关上电视，疑惑地打量那条狗。

他的睡眠质量一向很好，但这天夜里睡得并不安稳，屋子里平白地多出来一个生物。第二天早上，他做了个梦，眼睁睁地看着一个人飞到了他的阳台上，推开门走进屋，那人的身影很熟悉，他开口说，这些年没见，你过得怎么样？陈皮歪在床上回答，挺好，还能怎么样？外面天色已亮，晨光打进来，陈皮认出，飞来的访客是大学时自杀的杜仲，他的样子没什么变化，坐在地板上说着话，还带着四川口音。陈皮看着他不停地说着，却听不到他到底在说什么。醒来的时候，那条狗正蹲在他的床前，眼中似乎饱含泪水，陈皮问："是你吗？老杜？"那条狗汪汪地叫了起来。

2

按照网上的信息，陈皮找到了"添乐宠物店"，这家宠物店在一片高楼林立的住宅小区的商铺里。老板姓张，是一个"狗语者"，据说能听得懂狗说话。宠物店里有好几排货架，上面是肝、肉、蔬菜罐头，往里走，摞着十几个铁笼子，里面都是狗，有的狗身量很大，在笼子中几乎没有回身的余地，陈皮只认得拉布拉多等少数几种狗，他看见最上面的一个小笼子，关着一只小狗，身上被涂得黄一道儿黑一道儿，像老虎的花纹。陈皮在笼子前站了一会儿，不由得想把这些笼子全打开，把所有的狗都放出来。此时，屋里的张老板开腔了："您看点儿什么？"

老张正在给一只大金毛洗澡，金毛站在一个大塑料盆里，直愣愣地看着陈皮。陈皮问："您是张先生吧？我想请您看看我们家的狗。"老张没接茬儿，把金毛从澡盆子里抱出来，用毛巾擦，擦完了抄起手边的电吹风，给金毛吹干，左手在浓密的狗毛之间穿梭。宠物店里有一股奇怪的味道，这让陈皮有点儿呼吸不畅，他凑近一步："听说，您能和狗说话？您能帮我看看吗？"

老张关掉电吹风，屋里一下安静下来："狗带来了吗？"

"没带。"

"没带怎么看啊？"老张把金毛关进笼子，十几条笼中狗都叫了起来，老张不耐烦地呵斥："别叫了！别叫了！"转过身问陈皮："你的狗多大了？"

"不知道，我没养过狗。"陈皮说。

"养狗得看岁数，要是你那狗才几个月大，比如七八个月吧，那是最调皮的时候，不听话，过了一岁就好多了，就懂点儿事了，要是你能把他养到十岁以上，那就比好多夫妻关系还密，那才叫终身伴侣呢。养狗得有耐心。"老张点上一根烟，走到宠物店门外，深深吸了一口。陈皮也跟着走出来："我那狗是捡来的，是流浪狗，刚到我家没几天。"

"那你觉得你那狗有什么不对？"此时天色已暗，烟头明灭之间，老张的大鼻孔里探出来两根细长的鼻毛："要是它不愿意你抱，那也很正常。它和你不熟嘛。等它熟悉了环境，和你熟了，就好了。"

陈皮说：“我觉得这狗是我的一个老朋友。我是说，我这狗像一个人，像我一个死去的朋友，我觉得他托生回来，我们以前在一个大学里念书，他死了，现在他好像回来了。”

老张把烟头扔在地上，用鞋底踩灭：“我们去瞧瞧。”他回身把宠物店里的灯关掉，用铁链子给门上了两道锁。他们打了一辆车，到陈皮家要半个小时，一路上老张询问那条流浪狗撒尿拉屎吃饭的种种情状，显然，他对一条狗的各种怪异表现都能理解，这没什么稀奇的，因为他是“狗语者”，可老张对人的怪异表现也能理解，陈皮捡来一条狗，然后把这条狗看作是自己死去的朋友，在老张看来，这件事也没什么稀奇。但陈皮怀疑，身边这个带着一股狗骚味儿的汉子，只是一个动物行为方面的专家，他可能懂得一条狗为什么去闻另一条狗撒过的尿，懂得一条狗为什么把自己的狗食盆子看得紧紧的，却未必能明白老杜托生为狗，回到世上要和他说什么。

老张进门就要求和老杜单独相处，他跪在地上，伸出手来和老杜的前爪相握，它不吱声，觉得这汉子身上的气味挺熟悉，老张四肢着地，学着狗的样子在地上爬，嘴里“汪汪”叫着，老杜则有些疑惑地往后退。

老张趴在地上和狗对视，只要这条狗张嘴，他就能从叫声中获取他想要的东西。曾经有一次出诊，去看一条公狗，白天黑夜叫个不停，老张听了之后明白，那条狗的兄弟也在狗市上，它要主人把它的兄弟买回来做伴。还有一次是给一条怀孕的母狗看病，那家主人想知道，是谁干了他家的贵妇，老张和母狗谈了一晚上，终于给它肚子里的狗崽子找到了爹。狗的叫声虽然单调，但里面包含的信息非常丰富。老张能从每一声“汪汪”中辨别出一条狗要表达什么意思。他像狗一样在地上爬，就是要更好地和它们交流。但眼前的老杜一声不吭，什么亲昵的表示也得不到回应。

陈皮在卧室里坐着，关着门，听到外面客厅里传来声声狗叫，很想出去看一下老张到底在施展什么魔法，但他明白，任何一个有魔法的人在施展手段时都不愿意有旁观者在场，如果他在给别人施展催眠术，也不希望有人冷静地在一旁观察。他听得出，狗叫声来自老张，他甚至能听出每一声喊叫中的意思——你好吗？你从哪里来？你喜欢这里吗？你怎么不说话呢？被他收留的老杜像哑巴一样，没有什么响动。这个过程持续了有一刻钟，陈皮焦躁起来，但老张还在周旋。又过了二十分钟，老张放弃了，外面安静下来，陈皮推门出去，看见老张坐在沙发上，毛衣上沾满了灰，老杜蹲在一角，站起身，喉咙里发出低沉的一声哼哼。“这是叹息，”老张说，“就和我们叹口气一样。”他终于捕捉到这一声珍贵的叹息，随即自己也叹了一口气：“这狗两岁多了，不爱说话。”

陈皮拿来一瓶水递给老张，老张咕咚咕咚喝下去大半瓶，开口问：“你有什么想和它说的？”陈皮呆立在那儿，看看老杜，又看看老张，似乎他和狗交谈要有一个翻译在场。老张说：“你有什么想说的就直接跟它说，我估计它听得懂。”

陈皮走到老杜面前，蹲下身：“你过得怎么样？是不是当人更好一些？如果当初你不死，现在你也该结婚了吧？没准儿都有孩子了。”说到这儿陈皮有点儿难受，在外人面前暴露自己的情感多少有些别扭，他站起来对老张说：“麻烦您了，谢谢。”

老张在沙发上坐着：“我这算是出诊了，出诊费是五百。”

“咳，对不住。”陈皮掏出钱包，拿出五百块钱，他早就把出诊费预备好了。

老张接过钱：“我多问两句啊，如果说这狗是你的朋友，原来死了，现在又托生回来找到你，你怎么能认出他来呢？”

“我做了个梦，梦见我那位朋友，醒来就看见这条狗。”

“那这事好办了，你接着睡觉，接着做梦，它要想和你说什么，还会在梦里和你说的。”老张一欠屁股，把钱放到屁股兜里，摸出来一张名片，上面是“添乐宠物店”的地址和电话，头衔是“宠物医生”，名字是“张子语”。他把水喝完，站起身：“有什么问题你再打我电话，直接去找我也行，我基本上每天都在店里。”

陈皮把张子语送到门口：“您以前遇见过这种事吗？”

“这种事儿多了，把狗当儿子的，当爸爸的，当老婆的，当朋友的，都有。万物皆有灵，我觉得我的前世就是一条狗，谁知道我的来世是什么呢？”张子语哈哈一笑，“别送了。”

陈皮将张子语的名片收好，手机里也存下他的电话号码，但一直没打。他和老杜相安无事地过了一个月，以至于他回想自己把这条流浪狗错认为杜仲，是一时的幻觉。他知道，世上约有25%的人会在完全清醒的状态下至少陷入一次幻觉。他每天夜里都睡得不错，老杜只有一次进入他的梦乡，那是一片林荫道，树枝还光秃秃的，但凭空有一抹绿色，老杜说，你看，春天来了，我还不知道姑娘是怎么回事呢。

几天之后，陈皮发现，沙发靠垫上有一小块奇怪的污渍，摸上去还有些发潮，然后他发现，那条狗的小鸡鸡时常处于勃起状态，老杜喜欢骑在软和的地方，沙发的扶手，沙发靠垫，一个陈旧的毛绒玩具上面，蹭啊蹭啊，然后射精。陈皮惊呆了，有几次他想中断老杜的自慰，结果老杜像疯了一样冲他大叫，他只得颓然地退后，看着老杜把精液喷射在他家里每一个柔软的地方，包括他自己的枕头。最终，他只得给张子语打电话求救："老张，你那里有母狗吗？我想让老杜用一下。"

"这个不好办啊，我以前养过一只纯种的猎犬，出去配一次是三千块，它一个月出去干十回，那狗我是花八万块买的，你算算，它干多少回我才能收回本儿。我这店里的母狗不能干这个呀，你要想把它养下去，还是给它做手术比较好，要不然总是麻烦。"

陈皮没想过要给这条狗做手术，杜仲当年是以处子之身跳楼自尽，转世为狗，总不能未享男女之欢就被自己的朋友阉割。他问老张："还有什么别的办法吗？"

"你让它出去自己办去，它有自己的办法，办完了还会回来。"

陈皮沉吟："我再想想吧，谢谢你啊。"他想挂掉电话，那边张子语忽然发出邀请："小兄弟，下礼拜你有空吗？我有一个朋友过生日，你要有空就一起去看看，我们都叫他金爷，这位爷了不起，什么精灵古怪的事都懂。"

3

金爷的寿筵摆在一家茶馆里，没饭，据说金爷辟谷，每个月只进食三五次。茶馆里所有的小桌拼成一长条，密密麻麻坐着二十来人，陈皮来得晚，跑堂儿的递给他一张小板凳，他在一个角落里坐下。茶馆里人虽多，却安安静静，在听张子语讲故事——“饭店旅馆这种地方，南来北往的人最多，古怪的事儿也最多，我有一次住店，密码箱怎么也打不开，我的密码是 6868，比较俗气啊，房间号是 1618，我对着箱子就琢磨，要不我试试这 1618，结果怎么着，开了，箱子自己换密码。”听故事的众人都低低惊叹了一声，张子语向身边的一位长者说：“金爷，您说说，这是怎么回事？”

金爷五十多岁年纪，精瘦，笑容可掬地端着一杯茶：“要我说啊，这是密码锁坏了。”众人哈哈大笑，都为金爷捧场似的，陈皮也不由得干笑了两声。等笑声静下来，金爷又开口了：“老张说得对，饭店旅馆这些地儿，是怨气凝结的所在，你要是看到什么人影儿啊，听到什么动静，那可能都是过往的人留下的怨气。以后你们住店啊，进屋之前先敲敲门，里面有什么东西，先给他惊动走了。或者带着点儿桃木梳子，桃木能辟邪。”

此时，坐在陈皮前面的一个姑娘发问了：“金爷，您说尸油这东西有用吗？我看网上有人卖尸油护身符，一个小瓶子里装着尸油，据说能避小鬼。”这姑娘语速极快，像是怕被人打断似的，陈皮看着那姑娘的一头长发，黑头发中有几绺儿暗红的，耳听得金爷说道：“这尸油啊，养小鬼啊，都是东南亚那边的，你还是不要轻易上身，挺好的一个姑娘，戴点儿首饰就好，别碰那些东西。”

“可我睡觉怎么也睡不好，有好几次都是鬼上身，怎么也动不了，还有一次可怪了，我趴着睡觉，忽然就能看见床底下的东西，能看透床板儿，看见下面的鞋、箱子。”姑娘说。

张子语哈哈两声：“要我说啊，你找个小伙子一起睡就好了。”众人一阵哄笑，金爷脸上还是带着笑意：“老张这话倒也不错，小伙子阳气盛，还有的人，天生就带煞气，大鬼小鬼都敬而远之。”

“什么叫煞气？是不是长得凶啊？”

未等金爷回答，张子语手指过来：“你后面那小伙子就有煞气。”

姑娘回过头来，盯着陈皮看，陈皮和她对视了两秒钟，就害羞得低下头，张子语提高嗓门：“嗨，小兄弟，站起来让金爷给瞅瞅。”

陈皮站起身，微微鞠躬：“金爷好。”

张子语给金爷介绍：“这位小兄弟姓陈，您给看看？”

茶馆里二十来人的目光齐刷刷地看着陈皮，金爷也仔细打量陈皮。陈皮站在那儿不敢动，心里忽然转了个念头，如果我现在施展摄魂大法，能不能让金爷和张子语都躺下睡觉？过了足有两分钟，金爷才说：“这位小兄弟面相不一般，他煞气很重，但他自己能化解。一般的邪气近不了身。位理的形、气、声、光都不会有大碍。”陈皮像个标本似的还伫立着，供众人交头接耳地议论一番。金爷又开口问道："小兄弟，你自己练什么功夫吗？我看你精光内敛，也有一定的修行啊。"

陈皮下意识地否认："没有，没练什么。"

金爷哈哈一笑："那是我看走眼了。坐吧，坐吧。"

陈皮坐下来，发觉前面那姑娘的目光一直就没有离开，她朝他微笑："你好。"

陈皮点头："你好。"

茶馆里的寿筵基本上就是金爷的一次义诊，张子语负责主持，在座的依次将自己的疑难问题提出来，金爷给出几句点评，有问家里风水的，有问命运八字的，简单的情况金爷三言两语就回答了，遇到麻烦点儿的，张子语就在旁搭腔："这事儿复杂点儿，你得单独找金爷再看。"陈皮自始至终没有问什么。等茶馆中的二十来人依次问诊完毕，一位中年妇女提议："咱们给金爷唱首歌吧，生日快乐歌，我起个头儿，祝您生日快乐，祝您生日快乐。"金爷笑嘻嘻地听着大家把歌唱完，站起身作揖致意，那位妇女唰的一下从座位下抽出一面锦旗，抖落开来："我给您做了面锦旗，这是镶了金箔的。"红底儿旗上书八个黄色大字——"悬壶济世，仁者医心"。茶馆里一片叫好，金爷还是在作揖："不敢当，不敢当。"

陈皮虽然很久没参加过社交活动，但基本的礼数还是明白的，他给金爷带来的礼物是一瓶五粮液，那姑娘带来的是两罐白茶，两人一起来到金爷面前，金爷笑眯眯地接过酒："好酒。"转过身递给张子语收好，又接过白茶，仔细看罐子上的说明，张子语在边上搭腔："毛毛这茶叶真不错，知道您爱喝茶。”礼物既已送出，陈皮对金爷到底爱喝酒还是爱喝茶并不在意，他想，这个老张的做派倒真像条狗。

金爷把茶叶放下：“余毛毛是吧，我们见过面。”

“是，我找您算过命。”姑娘回答。

金爷转向陈皮：“这位小兄弟倒是头一次见面。”

陈皮报上姓名：“我叫陈皮，给您拜寿。”

金爷点点头：“小兄弟，你也是一个能悬壶济世的人。”他一歪脑袋：“老张，你看出来没有，这位兄弟天赋异禀。”张子语一笑：“金爷您火眼金睛，什么都能看出来，我这是狗眼看人低，不敢乱看。”旁边余毛毛再度盯着陈皮上下打量。

寿筵散了，余毛毛提议要送陈皮回家。茶馆外面停着一辆小雨燕，陈皮钻进去，余毛毛却改变了主意：“你想吃饭吗？我可饿坏了，我以为金爷过生日怎么也得吃上一顿呢，结果就在这里喝茶了，越喝越饿。”她发动汽车：“我们去吃烤肉吧。”

陈皮也想和这姑娘多待上一会儿，又担心自己不善言谈，好在余毛毛是个能说的，她告诉陈皮，不是一般人都能姓金，这位金爷是满清皇族。原来在北京毛纺厂当工人，从小就学《易经》，后来工厂倒闭，他就靠给人算命为生，批八字看风水给小孩子取名字给公司取名字。“金爷给我算过，他说我三十岁之前没姻缘。”

“你真信这个？”陈皮问。

“你不信吗？”余毛毛反问。

“我也不是不信，我觉得算命先生就和西方的心理医生差不多，你需要和他们谈谈，可以帮助你解决心理上的问题。”

“你觉得我心理上有什么问题吗？”

“你可能睡眠上有问题吧。”

余毛毛在霄云路上找到一家韩国料理的小饭馆：“这家饭馆的牛舌头可好吃了，我每礼拜都来吃一回。”晚上十点多了，饭馆里依然满满当当的，每张桌子都吱吱烤着肉乎乎冒着烟，服务员麻利地端上来四盘泡菜，余毛毛夹起一块胡萝卜放到嘴里，一边嚼一边说：“金爷说你也是个有本事的人，你有什么本事？能睡觉？”

陈皮看着她，像打量一只小白鼠：“假设有一个外星的智慧生命来到地球，从高处打量地球人的生活，你说，他会发现什么？地球上的人有一个什么样的共同特点？”

余毛毛翻检着一块白菜：“都得吃饭。”

“都得睡觉。”陈皮说，“只要地球转到了黑夜这一边，这一边的几亿人就要睡觉了，几亿人睡下，再转一下，又几亿人躺下，白天那一边的人还在折腾，等黑夜转过去，他们也得躺下睡觉，这就跟人浪似的，地球一转，几亿人躺下了，几亿人爬起来了。”

余毛毛的筷子悬在半空中，想象着那壮观的场面。服务员端上来两盘牛舌、一盘牛肉和一盘五花肉，炭火炙热，烤肉架上残留的油脂冒出青烟，余毛毛看看四周：“这里这么多人，这么晚了还在吃饭，他们不睡觉吗？”

“吃完了就睡。”

余毛毛觉得这句话语带双关，忽然害羞起来。陈皮倒是没有一点儿调戏的意思，他也饿了，忙不迭地把肉烤上。有那么一刻钟，两人嘴都没闲着，肉和舌头一阵儿狂塞，等吃得告一段落，余毛毛说：“我看过一本书，人脑中有个东西，叫脑丘体，如果受到损害，人就怎么也睡不着觉了，就会死。”

“你不会死，你能睡好。”陈皮拿着手中的一根铁筷子，亮晶晶的镀着银色，他在余毛毛眼前挥动那筷子，幅度很小，“你盯着这筷子看，不要想别的事，就盯着它看。”

余毛毛盯着那筷子，觉得它摆动的幅度变得越来越小，好像静止了一样，她听见陈皮轻声地说着什么，但也听不清楚到底说的是什么，那根筷子放射着光芒，她的头沉下去，闭上了眼睛，终于咣的一声落在桌子上。陈皮伸手过来探她的鼻息，他没想到，余毛毛就这样轻易地被催眠了。他看着手中的筷子，如同孙悟空刚刚拿到金箍棒，他也有了自己的神器。

余毛毛醒来之后不相信自己睡着了，她看了看表，已经十二点多了。饭馆里就剩下两三桌客人。面前的炭火也全是灰烬了。刚开始吃饭的时候是十点多，不过，一个多小时是很容易就消逝的。陈皮已经结完账，他把那根筷子揣在兜里，余毛毛却又要了两瓶啤酒：“刚才我晕乎乎的，不算数，你再来一遍。”

陈皮端详着余毛毛，余毛毛笑了：“你这么看着我，就能催眠吗？”

“我说一，你闭上眼睛，我说二，你再睁开眼睛。”

“好。”

“一。”陈皮发出口令。

余毛毛闭上眼睛。

“二。”

余毛毛睁开眼睛。

闭眼的时候渐渐延长，睁眼的时间渐渐缩短。这样十多个回合，余毛毛的眼睛懒得睁开了。她闭着眼，歪着脑袋，陈皮伸过手，抚摸她的脸：“睡一会儿吧。”余毛毛把手臂放到桌上，头枕了上去。这样睡了有十分钟，陈皮说：“醒醒吧。”余毛毛睁开眼睛，确信自己已经睡了一觉：“我听说，催眠师要不停地说话，要让人放松，想象蓝天白云大海什么的，你好像不怎么说话？”

“我不好意思说太多。”

两个人喝完啤酒之后有点儿飘飘然，余毛毛说：“我怎么好像又饿了，刚才烤肉就没吃够，你把我哄睡着了，自己吃了好多肉，根本就没给我留。”

陈皮说：“那我们看看，再去吃点儿什么。”

他们离开饭馆，开着车在街上转，轮胎和地面的摩擦声清晰入耳，空荡荡的大街上没几辆车。地球转到了黑夜这一边，此地的几千万人、几亿人都安然入梦。路过一家昼夜营业的麦当劳，余毛毛说：“我想吃个苹果派。”

餐厅里空荡荡的，最深的角落里有个女孩在看书，陈皮买了一杯可乐和两个苹果派，他们坐下来吃，余毛毛向角落里的女孩努努嘴：“你看那姑娘，她肯定该睡觉了，你去试试看。”餐厅里的灯光煞白，那个女孩儿穿着件白色的夹克，黑色的运动裤、运动鞋，看见陈皮走来并不惊慌，甚至就没一点儿反应，她目光呆滞，手里捧着的是一本《GRE 词汇》，嘴里念念有词：“Apotheosis. Apotheosis. Apotheosis.”陈皮站到她面前，掏出那根银色的筷子，轻轻晃动：“你累了，该睡了。”女孩应声而倒，一张脸几乎是拍在桌子上的。Apotheosis，神化，尊为神，转化为圣，这个小女孩的 GRE 词汇才背到 A 开头，但这是给陈皮的一道圣谕，从这一刻起，陈皮要成为神，他转过身揽着余毛毛往外走。余毛毛发动汽车时有点儿激动，钥匙扭得太厉害，发动机发出嘎嘎的声响，她把小雨燕开得飞快，陈皮系上安全带，靠在椅子上，感觉这辆车几乎要飞起来，他相信，他将成为他所目睹过的神迹中的一部分。

4

陈皮偶尔会自言自语，走着路，忽然冒出来一句“这个事情真荒谬”，或者背出来一句台词“Frankly my dear，I don’t give a damn”。有时候他会说出自己的想法：“今天晚上，要是有鸡蛋西红柿汤就好了，我要做一个鸡蛋西红柿汤。”当他意识到自己在自言自语的时候，他会停下来看看四周，然后告诫自己：别说了，你怎么说出声来了？他养狗之后的一个好处，就是能畅快地自语，每天晚上他带着老杜出去跑步，会叮嘱它：“小心点儿，别踩着狗屎。”会说：“今天的天气不错，我们多跑两公里。”等他往回走的时候，他会多说两句：“我认识了一个姑娘，她叫余毛毛，我们会怎么样呢？”老杜跟在他后面，一点儿反应也没有。陈皮继续说：“余毛毛说她要来看你，到时候你可别到处射精啊。”陈皮想，许多人养狗，可能只为了能有个倾诉的对象，把憋在心里的絮叨说出来：“老杜，你真的想出去找母狗吗？如果你想出去就出去，不过办完事情一定要回来啊。”

这天夜里下着大雨，陈皮趴在阳台上俯瞰街道，老杜往窗台上蹿，却总也够不着，陈皮拿了一把椅子过来，让老杜站在上面，一人一狗都盯着外面的雨。陈皮说：“今天不能出去跑步了，我们就在屋子里锻炼吧，我要做仰卧起坐。”街道上冷冷清清，偶尔有一两个人撑着雨伞走过，陈皮将窗子打开，有雨丝飘落进来，正好打在老杜脸上，它摇晃着脑袋叫了起来，陈皮站到椅子上，一只脚踏上窗台，老杜跳到地上，咬住陈皮的裤脚。陈皮说：“别害怕，我不是要跳下去，我撒尿。”他褪下运动裤，露出半拉屁股，掏出小鸡鸡，向着窗外撒尿，一边撒一边嘿嘿地笑。老杜松开裤脚，蹲坐在电视机前，叫了两声。

陈皮从椅子上下来，看看老杜的架势，有点儿疑惑地打开电视：“你又想让我看什么？又有人飞了吗？”电视里是一个访谈节目，一个男人正在向主持人、心理医生、社会学专家讲述自己的爱情故事，鬼才知道电视台怎么能找到各种变态的人，怎么能说服他们上电视谈论自己的隐私。这个男人说他五年前爱上了一个姑娘，后来才发现这个姑娘喜欢摇头丸和冰毒，男人想让姑娘摆脱这类嗜好，又想让这个姑娘快乐，就花钱给她买那些玩意儿，然后又一次次劝说她放弃，五年的时间屡战屡败，他为此痛苦不已。这个男人戴着墨镜，讲述过程中有几次潸然泪下，不得不摘下墨镜去擦眼泪，此时镜头会移开，扫过主持人、心理医生和社会学专家严肃又充满同情的脸。节目的下半场是专家发言，社会学专家谈论戒除毒瘾的方式。陈皮觉得，这些话大而无当，主持人适时打断了这位嘉宾，轮到心理学家出场，她是一个文质彬彬的中年女子，像外科医生一样冷静，她提出来一个显而易见的问题，你既然不能拯救她，为什么不离开她？接下来她问，你到底是在救一个人还是在爱一个人？你觉得你能操纵她的喜怒哀乐吗？你给她买药就能让她快乐，不让她用药就能激怒她？主持人可能觉得这些问题过于残酷，不断插话，想让交谈变得委婉一些。但那个心理医生毫不领情，她冷冰冰地抛下一句话："有些爱情非常盲目，它起源于一个人看到另一个相对弱势的人，可以被操控被拯救。"

陈皮被这个医生激怒了，几乎想冲进电视里去和她理论，老杜此时却离开电视机，打了个哈欠回到自己的小窝。陈皮坐在沙发上发愣，难道老杜让我看电视就是为了听到女医生的这段话？难道看电视是我和老杜的交流方式？我想拯救余毛毛吗？我为什么那么急着向余毛毛施展催眠术？

这个晚上陈皮失眠了，他躺在床上翻来覆去地瞎琢磨。科学家无法解释，人们到底为什么需要睡觉。科学家也无法解释，为什么有些人会失眠。他们在这个问题上花费了大量的金钱做研究。余毛毛所说的脑丘体受损，是一种罕见的疾病，简称FFI，患病者睡眠的时间逐渐减少，直到完全不能入睡。最终的结果是死亡。曾经有一所美国大学，做了这样一个实验，在一个水槽上架一块板子，上面有几只小老鼠，一看到小老鼠要睡着，就把板子撤掉，小老鼠跌入水中，醒过来。几天之后，所有小老鼠都被折腾死了，科学家随即对小老鼠进行尸检，它们的脑部组织并没有受到什么损害，它们是累死的。陈皮躺在床上，觉得床板之下就是个水槽，外面的雨淅淅沥沥还在下，他索性起身。

客厅里老杜窝在一角睡得很沉，陈皮打开电视，把音量调小，那个访谈节目早就结束了，现在播的是刘宝瑞的相声，刘宝瑞被处理成一个卡通形象，在电视里蹦蹦跳跳的，他的声音倒是没什么变化，奇怪的是，在夜深人静之时，所有的笑话都不那么可笑。陈皮坐在沙发上听着刘宝瑞说了两大段单口，才注意到他放在饭桌上的手机幽幽地发出蓝光，他睡觉前习惯把手机调在无声状态，现在有两条未读的短信，都来自余毛毛，第一条发送在两点半，写的是“睡了吗？”，第二条发送在两点五十，“看来你是睡着了，晚安”。现在是凌晨三点一刻，陈皮回短信：“我还没睡，你睡了吗？”

几分钟后，短信回来：“我又失眠了，睡不着。”

“要不要打电话聊聊天？我也失眠了。”

“不要打电话。我现在接电话肯定语无伦次。明天还要上班呢。”紧接着又是一条："你难道不能给自己催眠吗？"

"我没试过，应该可以。"陈皮回答。

接下来他收到的短信是一句英语——"Life is something that happens when you can't get to sleep — Fran Lebowitz."

陈皮的回答很简单："有意思。"

"世上有些事，比如睡觉和谈恋爱，越努力去做，其效果越糟。"

"那我们放松一点儿。"陈皮说。

清晨五点，雨停了，乌云散开，天空发亮，陈皮蜷缩在床上，拿着手机，已经有二十分钟，余毛毛没有短信回过来，她应该睡着了。陈皮也睡着了。

这一天下午，陈皮老师带着手机去上课，时不时掏出来查看一下，他有点儿神不守舍，手机上有两个未接来电，都是余毛毛的，等他下了课，立刻回电，余毛毛的声音有些惊慌："你能尽快来我家一趟吗？"下午四点，路上还没开始拥堵，陈皮火速赶到余毛毛家，老远就看见楼下停着一辆警车，上到18楼，发现余毛毛住的这个楼层里也站着两个警察，1806房间里有警察进出，陈皮打量了一会儿，去敲余毛毛的房门。1802的猫眼儿被黑影挡了一下，门开了，余毛毛穿戴得整整齐齐："你看见了吗？"

"我看见警察了，出什么事了？"

"1806那个女的跳楼了。"余毛毛这天下午有一个商务聚会，完了事就提前回家了，在楼下看到一群人围着一具尸体，她不敢多看，实际上尸体已经被一床棉被盖住，但余毛毛还是能想象出变形的脑袋、流淌的血污甚至受损的内脏，她匆忙上楼，结果发现18楼上有警察，死者就是她的邻居。余毛毛住在1802，时不时能在电梯里碰见1806那对小夫妻，一年前，那女人怀孕，挺着大肚子，后来就看见他们抱着刚出生的儿子，三口人其乐融融。

“你说，她刚生完孩子，怎么就跳楼了呢？”余毛毛知道有一种病叫“产后抑郁”，但她没工夫去揣测别人的自杀动机，想着有一个人在她身边死去，她就感到恐惧。她穿着一双高跟鞋，在屋子里走来走去，皮鞋在地板上咚咚作响。

陈皮说：“你别那么紧张，先坐下来。”余毛毛在饭桌前坐下，两眼呆呆的。陈皮走到她面前，把手放在她的肩膀上：“你想什么呢？”

“我在想，那个女的长得是什么样子，我怎么想不起来呢，模模糊糊的。”

“别想了，你这么想下去就是吓唬自己。”

余毛毛抱住陈皮，脑袋正好搁在陈皮的肚子上：“太可怕了，太可怕了。”

陈皮摸着余毛毛的脑袋：“别害怕，别害怕。”

“我不想住这儿了，今天晚上我可不敢睡在这儿。”

“好，你收拾收拾东西，我们先去吃饭，然后你到我那里住。”

余毛毛抬起头，没心没肺地笑起来：“我想吃日本料理，你请我？”

“我请你。”

余毛毛的卧室里有两个大大的衣柜，一张大床，她拿出一个大旅行包，从衣柜里翻检衣服，一件件扔到床上：“我要多带几件内衣。这件好看不好看？”她向陈皮展示一件纯棉的睡衣，上面印着小熊温尼，陈皮说：“好看。”她又向陈皮展示一件大嘴猴图案的背心：“这个也挺可爱的哈。”

余毛毛的床头柜上立着一个大头盔，戴眼罩，如同摩托车赛手或美式橄榄球运动员的装备，但玻璃眼罩变成了不透明的塑料板，外接一个遥控器，陈皮走过去掂量那个头盔：“这是什么东西？”

余毛毛冲过来：“这是头部按摩器，戴着它睡觉，能让大脑放松。”她把头盔扣在陈皮脑袋上，陈皮只觉得眼前一黑，胸口发闷，余毛毛按动电源，陈皮脑后一阵麻酥，连忙摘了下来：“戴上这个不就成黑猫警长了吗？”

余毛毛从床头柜上又拿起一盏灯：“看看我的海洋灯。”她打开开关，那盏扁平的灯幻化出蓝色的光，余毛毛把窗帘拉上，屋子里暗了下来，蓝色的波纹充斥整个房间：“这是盏神灯，有助睡眠。我能带着这盏灯去你家吗？”

5

当天晚上，这盏蓝色的灯在陈皮的卧室里亮起来，余毛毛的身体似乎能反射出蓝色的光。她脱掉上衣，解开内衣，小小的乳房露出来，在她略显平坦的胸部，有内衣勒出来的皱纹，陈皮坐在床上看着余毛毛，想起超市里的海螃蟹，想起掰开螃蟹腿露出来的白色蟹肉，他好像还闻到了海风的腥味。等他们洗漱完毕躺在床上的时候，两个人没有急着办，或许是为了让即将到来的性爱具有更深远的意义，余毛毛讲起了十年前的故事。

余毛毛第一次梦魇是在上高中的时候，某个星期天，她在家里睡到十点多，这是学生时代少有的可以睡懒觉的机会。家里来了个年轻女人，轻轻地叫着“宝贝，宝贝，快回来”，余毛毛知道妈妈就在家里，也许在厨房里做饭，没有听见陌生女人进来。那女人站在客厅中央，还在叫“宝贝，宝贝，快回来”，余毛毛想起床，但身体动不了。过了几分钟，那女人走进余毛毛的卧室，在她床边坐下，把手放在余毛毛身上，“宝贝，宝贝”，她的手向下移动，握住了余毛毛的脚脖子，余毛毛挣扎着，不知道过了多久，那女人消失了。余毛毛清醒过来，她告诉妈妈，刚才来了个陌生女人。余妈妈立刻打开门窗，一边拿着扫帚挥舞，像驱赶浓烟，一边破口大骂，声嘶力竭，她相信肯定是有什么不好的东西来了，她要保护自己的女儿，驱赶那不祥之物。

余毛毛的梦魇持续多年，有时候两三个月遭遇一次，有时候一个月会遭遇两三次，大多是要由浅睡眠进入深睡眠的时候，有个信号，嗡的一声，像音叉敲击之后绵长的回响，钻进她的脑袋，如果这时候她挣扎着醒来，她就逃过一劫。如果她对那信号不予理睬，继续睡下去，梦魇来临，像真的一样，有人走进她的屋子，来到她的床边。这种情况也会在早上发生，早上迷迷糊糊的，还想再睡会儿，刚要睡过去，就听到嗡的一声，能听见动静，能看见人影，甚至能嗅到危险的气味。她每次平静地入睡都弥足珍贵，每次舒缓地醒来都如释重负，她忧心忡忡地等待黑夜降临，又神不守舍地等待清晨。

陈皮说，睡觉是他天生的一项技能。不论何时何地，他闭上眼睛就能入睡，上学时应付考试，坐在教室里复习功课，他忽然想，睡一觉再说，倒头在课桌上就能睡过去。坐地铁或公交车，他找个座位，想着睡五分钟，就能睡上五分钟，然后准时醒来。每有什么难以应付的事情，他的第一反应就是睡觉，睡醒一觉再说，等醒来发现，事情好像也不是那么紧急，世界并没有因为他多睡了一觉就崩溃。

余毛毛说她曾经用红酒帮助睡眠，起先只是一杯酒的量，后来睡眠质量未见好转，酒量倒是见长。有一天出去喝大了，回家发现电梯坏了，她爬楼梯，爬过17层直接就上了19层，怎么也找不到第18层，她坐在17层抽了根烟，终于找到家门。她问："你说，这算不算是灵异事件？"

"嗯，18层正好有人跳楼呢，暂时到了阴间。"

余毛毛钻进陈皮怀里："哎呀呀！你吓死我得了。"

两人就此开干。虽说这是两个人之间的第一次，却没有太多生疏的感觉，但在结束之时，余毛毛忽然流下了眼泪，这让陈皮有点儿不知所措："你怎么了？"

余毛毛兀自哽咽了一会儿："你知道吗？我一直做一个噩梦，从楼上往下掉，一开始是刚落下几米就醒来，后来感觉下落了十几米，几十米才醒来，我真害怕有一天，我醒来的时候发现我已经从楼上掉了下来，躺在冷冰冰的水泥地上。我真害怕。”

陈皮拍着余毛毛的后背，柔声细语地安慰她，不到十分钟，余毛毛就睡着了。凌晨三点，她攥住陈皮的小鸡鸡，迟迟不肯松手，两人就此再战。

老杜知道屋里新多出来一个女人，夜里听到卧室里的动静，猛地站起来抖动身子。早上它听见那女人嘹亮清脆的小便声音，这声音不同于陈皮从高处喷射，而是离水面不远激荡而下。如果老杜能有科学家的缜密思维，它就会知道，余毛毛的括约肌非常健康，她的整个身体机能都在嘹亮的尿声中得以展现。

余毛毛在这里住了三个晚上，每晚都和陈皮做爱两次，在这两次性爱的间歇，他们也非常活跃，余毛毛会展示她练习的瑜伽，有时候单腿站立，两只胳膊向上伸展，双手掌心靠拢。有时是单膝跪地，另一条腿向后伸，左手支撑着，右臂伸向前方，仰头挺胸，像一匹不合比例却依旧奔腾的马。有时候，陈皮只能看见余毛毛的脑袋和脑袋两侧支棱着的两条腿，如一个摇摆的V字。余毛毛说，她练习瑜伽是为了锻炼身体睡好觉，有几次她在瑜伽馆的地板上就睡了过去，她的瑜伽老师是个印度人，白衣白裤，棕色皮肤，语音轻柔，陈皮问：“你们老师会飞吗？”

余毛毛回答：“看上去不会。”

陈皮相信，印度好多瑜伽大师都能腾空飞行，最了不起的是马哈里希·马赫什，这位大师能运用冥想穿越墙壁、隐身飞行。陈皮夜晚在楼下跑步，看着高楼，闭上眼睛，假想自己已经离开地面一厘米两厘米，他不会奢望自己抬起手臂就能飞，他也不会想到，有人会陷入截然相反的想象，从高处坠落，一厘米两厘米地坠落。在陈皮通过想象让自己的身体上升的时候，余毛毛正在感受她的身体在不断下坠，他们似乎在半空中相遇，互相拉住手，一方要上升，一方要坠落。他感到自己有责任让余毛毛好好睡觉，如果她有失眠症，那就治好她的失眠症；如果她有梦魇，那就赶走她的梦魇，他有能力做好这件事。他知道，女人比男人更容易做噩梦，梦的内容包括牙齿脱落或者头发掉光，从特别高的地方摔下，男性梦境则多为撞车或坠机，这大多是人们在现实生活中的担忧。陈皮很少做梦，他信奉一位哲学家的话，“我一半的时间用来睡觉，一半的时间用来做梦。在睡觉的时候做梦，那是可悲的，因为睡觉这东西是最高的天赋”。陈皮确信自己拥有这一最高天赋，他想让余毛毛明白，现实生活中各类奇形怪状的人和事，各种荒谬的境遇，这才是梦境，要在清醒的白日梦中对付这些东西，而一旦躺下睡觉，就要将所有的噩梦驱逐。

余毛毛说她做过一个梦，是在一个荒郊野外的地方，她遇到了一个小鬼，那个小鬼说，我带你去看看你二十五岁的样子，余毛毛于是就看到了两年前的自己，然后小鬼说，我再带你去看看你三十五岁的样子，余毛毛又看到八年后的自己，老了一点儿但非常安静从容。就在她和那小鬼商量还能看到什么的时候，一群恶鬼出现，她拼命地跑，爬上一棵树，不停地爬，想爬到树的顶端，然后疲惫地醒过来：这也许就是现在的自己。在这次噩梦之后，她去找金爷看相算命，金爷说她三十岁以前会有种种不顺，但也不是什么大难，三十岁之后会遇到一个好人，然后一帆风顺。“金爷说，我身上有一股邪气，一般人降不住，你说，你能降得住我吗？我是个小妖精。”

陈皮不相信金爷有什么神奇的力量，那是个招摇撞骗的心理医生。他跟余毛毛说，有一位印度的瑜伽大师叫巴巴，发明了可以治疗艾滋病和癌症的瑜伽招式。俄罗斯有一个叫格奥尔吉·伊万诺维奇·古尔捷耶夫的人，一百年前在巴黎设立了一个“智慧俱乐部”，传授用意念去除疾病。沙皇尼古拉二世最喜欢一个叫拉斯普丁的神人，此人擅长咒语和占卜，也能治疗各种疑难杂症。如今俄罗斯有个神医叫弗拉基米尔·兹林诺夫斯基，在俄罗斯开设了一个电视频道，他在电视上端坐，两只眼睛炯炯有神地看着你，成千上万的电视观众花钱预订这个频道，坐在自家沙发上看着兹林诺夫斯基的眼睛，不管你是感冒发烧，还是肺癌艾滋，就在这个相互凝视的过程中，病好了。

“你是我的第一个病人，我已经把你治好了。”陈皮说。

三天之后，陈皮陪余毛毛回家，说是取点儿换洗的衣服，他们打算暂时住在一起。回到余毛毛的住处，进了门厅，看见电梯正在关门，抢前几步，进了电梯，里面站着一对小夫妻，余毛毛一下子呆住了，那位女士阴沉着脸，穿着一双红色高跟鞋，黑丝袜，看见余毛毛挤出一丝笑容：“下班了？”余毛毛没敢搭腔，那女士真笑了：“你以为是我跳楼了？哈哈哈。”她笑得有点儿要抽筋，陈皮茫然地立在电梯中间。电梯上到 18 层，余毛毛才缓过神儿来，他们站在楼道中听那个红鞋黑袜的女士说话："我两个月前就搬家了，刚把这房出租出去，就碰上这么倒霉的事。租我房子那女的是个安徽人，不知道碰见什么事想不开就跳楼，她死了倒好，以后这房子我们怎么住啊。"这对小夫妻来收拾房子，打算索性将房子卖掉。

余毛毛想起的确有一段时间没碰到这对小夫妻了，当然她也没注意过那个新搬来的邻居什么样，一个陌生人的死好像没什么冲击力，她揽着陈皮的胳膊介绍："这是我男朋友。"然后她问："你那胖儿子多少斤了？"那女士回答："二十多斤，长得可快了。"他们在欢声笑语中告别，余毛毛感到死后重生一般的轻松，只要死的是一个不认识的人，一个毫不相干的人，就好像没人死去一样。你看，没有人抑郁得要死，每个人都活得好好的。

6

余毛毛在陈皮身边总睡得很踏实，她的眼睛偶尔会跳一下，这是进入到快速眼动睡眠状态。天气有些热了，他们赤裸的身体露在被子外面，陈皮有些黑，衬得余毛毛更白，陈皮身高一米八，余毛毛也有一米六五，这点儿差距不妨碍他们中间找齐，两个人都平躺着入睡，左手握成拳头放在头侧，右胳膊都贴近身体，如果让他们保持这个姿势，旋转 90 度站立起来，他们就像两个在党旗下宣誓的热血青年。

余毛毛在一家公司做行政职员，原来每天九点出门时好像还处于昏睡状态。住到陈皮这里，作息时间就变得规律一些，躺到床上只用半小时就能安然入睡，早上醒来显得精神焕发。但陈皮觉得，余毛毛还是有问题，每逢休息日，余毛毛就像昏迷一样要睡到中午，他坐在客厅里，和他的狗面面相觑，他希望余毛毛能每天早上准时起床，像他一样，早上七点，或者稍晚一些，早上八点。陈皮认为，余毛毛嗜睡是营养不良、缺乏锻炼导致的，他晚上拉着余毛毛出去散步，早上准备好面包、鸡蛋和牛奶，楼下有早市，他去买新鲜的蔬菜和水果，这个周六他还买了一只鸡，活的，打算给余毛毛炖鸡汤。

母鸡在客厅里踱步，步伐凝重，好像在笼子里待的时间过长，已经忘了该怎么走路。余毛毛睡眼惺忪地从卧室走出来，她起床后总光着身子跑来跑去，陈皮和她说过，那条狗叫“杜仲”，是他的大学同学，最好不要在它面前赤身裸体，但余毛毛仔细观察过“杜仲”，她确信，那就是一条普通的杂种狗，它对余毛毛穿什么样的衣服都不感兴趣。现在客厅里除了狗之外，还多了一只鸡，陈皮说：“我打算把这只鸡宰了。”

余毛毛蹲下身，后背上的脊柱骨凸显出来：“你会杀鸡吗？杀鸡可麻烦了。”

那只老母鸡好像对余毛毛还挺有兴趣，它盯着余毛毛看。陈皮过去把鸡抱在怀里，对余毛毛说：“去穿上件衣服。”等余毛毛套上一件睡衣从屋里出来，她发现那只老母鸡在陈皮怀里已经睡熟，陈皮把老母鸡放到厨房的水槽里，母鸡像一具标本，两眼睁着，两腿直立，余毛毛兴奋地拿出菜刀:“我来试试，这样它就不闹腾了。”

按照医学原则，催眠师不能和患者发生暧昧关系，但陈皮没有遵守这条原则，他也没把自己当成催眠师或医生，他是摄魂大法的大法师，他应该谨慎使用自己的法力，但是，他已经对余毛毛施展过法术，也就可以毫无顾忌地对其他生灵施以魔法。

余毛毛拿着菜刀还没敢下手:“这就叫呆若木鸡了吧? ”

陈皮把菜刀从余毛毛手上拿过来，他切开母鸡的喉咙，鸡血流淌，母鸡没有发出任何响动，它的身体挣扎了两下，陈皮说:“烧点儿开水，给鸡褪毛。”

两人在厨房里忙活了一阵，用一只大铁锅把鸡汤炖上，回到客厅里，余毛毛忽然指着老杜:“你能给鸡催眠，也一定能给狗催眠。我们把它也宰了，炖一锅狗肉吃。”

杜仲显然听懂了这番话，它冲着余毛毛愤怒地大叫，陈皮上前想安慰老杜，不料老杜更加暴躁地狂吠起来，余毛毛哈哈大笑，陈皮越想安慰好老杜，老杜叫得越欢，余毛毛也就笑得越畅快。周六午后的阳光温暖，屋子里飘荡着鸡汤的香气，老杜终于安静下来，闭上眼睛打盹儿，陈皮把饭菜准备好，余毛毛梳洗完毕，漂漂亮亮的坐在桌前:“我想和你谈谈。”

“谈什么? ”

“我觉得你应该开一家诊所，专门治疗失眠、梦魇这些睡眠问题，你知道全国有多少人有睡眠问题吗? 好几千万。别说这几千万了，我身边就有好几个人失眠，我估计北京就有好几十万人失眠，你要开一个催眠班，每人收五千块，一个班二十人，这就是十万块。”

“哪里会有这么多钱？”

“真的，催眠班可贵了，我上过一个，三天的课程就收两千块呢，是什么美国老师主讲，我看你比什么美国老师厉害多了。”

“你上过催眠课程？美国老师讲得怎么样？”

“我听不太懂，那个班就有二十个人呢，你说你站在教室中间，拿筷子一指，我们就应声倒地，这不比你教英语好玩？”

陈皮没想过在课堂上传授催眠，不过潜意识中却有一番宏伟抱负，他做过一个梦，醒来之后还记得非常清楚——黑夜来临，他飞行于城市上空，手拿着那根从韩国烧烤店里顺走的铁筷子，看见哪扇窗户还亮着灯就飞过去，用筷子向屋中一点，那个被失眠困扰的人就放下手中的活计，倒头便睡。他检查所有沉睡者的面庞，看到他们呼吸平稳绵长，如果有哪个少女眉头紧锁，蜷缩着身子，他就把手放在那少女的额头上，这样就驱赶走了魔鬼。成千上万的失眠者给他送来锦旗，上面绣着“妙手回春”或者是“仁者医心”。这些人站着听他演讲，等他施展摄魂大法，他站在讲台上，忽然发现讲台越升越高，离地面足有两百米。幸亏他能御风而行，他的身上挂满了勋章和绶带。有一个美少女跪在地上哀求：“和我一起睡觉吧，帮我驱逐梦魇。”继而有好几个中年妇女，身躯臃肿，一起向他哀求：“和我们睡觉吧，帮我们驱赶魔鬼。”陈皮明白这个梦中隐藏的伟大抱负和非凡的性能力。他打量着对面的余毛毛，半天没有说话。

余毛毛被看得有些发毛，转移了话题：“你说，张子语真的能听得懂狗说话吗？”

陈皮说：“不知道。”

“可他收出诊费可收得不少啊，再说金爷真的有那么神吗？当然，你和他们不一样，你是真有本事，立刻能见效的。就算不是为了挣钱，我们的确可以帮助别人啊，我可以辞职在家，给你当助手，给你当经纪人，给你当护士。”

厨房里传出一声闷响，陈皮冲进去看，铁锅上的玻璃锅盖碎了，他把锅盖拿开，锅里的鸡汤翻滚着，几块碎玻璃像不肯融化的盐块，余毛毛也跟着走了进来：“哎呀！麻烦了！”她关掉炉火，那锅鸡汤渐渐平息下来，“倒了吧。”陈皮说。

“你给我做的汤怎么能倒掉呢？这就是一锅玻璃汤，我也能喝下去。”余毛毛拿着筷子和漏勺，翻检锅里的玻璃碴子，她翻检了足有十多分钟：“好了，能喝了。”

两个人各自端着一碗鸡汤开始吃饭，鸡汤的味道不错，但两个人喝得小心翼翼，生怕咬到玻璃，这番谨慎让他们无法尽情领略这锅汤。老杜在桌子下面打转儿，等着陈皮扔下来一点儿吃食，余毛毛又去盛了一碗汤：“挺好喝的，我再来一碗。”

陈皮吃饱了，放下碗筷：“你刚才说的事，我们可以试试看。”

“就是嘛，外面那么多人都是骗子，你干吗不出去——我不是说你是骗子啊，我是说，你有本事，你看你已经把我治好了，我现在每天都睡得挺好，你也可以去帮别人。”

陈皮感觉余毛毛的牙齿和遗落在汤里的玻璃碴子发生了摩擦：“我们先试试看。”

“好，我们试试看。”

“还有一条，不收钱。”

“别傻了，干吗不收钱？你付出了劳动，就应该收钱。再说你不收钱，别人倒真把你当骗子看了，钱的事情我来谈，我是你的经纪人。”

7

第二天，余毛毛就拉着陈皮去逛商场，路上告诉他：“有一家公司，下个礼拜要请你去做个演讲，你得穿得体面点儿。”陈皮头脑中的“体面”是一件新夹克，或者一双新皮鞋，几百块钱的就足够了，不料余毛毛就拉着他在一楼转，杰尼亚，雨果波士，她让陈皮试一套雨果波士的西装，在狭小的试衣间里，陈皮好不容易找到西装的价签，一万多，他穿上这套西装，踩着半新不旧的球鞋出来给余毛毛看，余毛毛有些夸张地叫：“太帅了！”

陈皮对着镜子打量，他也承认，穿上这套衣服漂亮多了，唯一的毛病是脚下的破球鞋，可那个小价签上的数字让他难以接受：“太贵了。”

“我给你买。”余毛毛说，“我还要给你买双皮鞋呢，你的皮鞋都是圆头儿的，我要给你买双尖头儿的。”

“我不要。”陈皮拒绝得有些生硬。他返回试衣间，换回旧衣服，拉着余毛毛往外走，“我们再看看别的。”他站到商场一楼的大厅中并不知道该往哪里走，还是余毛毛带着他去了楼上一家叫摩纳哥会馆的店，他试了两套衣服，选了稍贵的那一套，坚持要自己付账，这差不多是他一个月的工资，余毛毛没和他争：“待会儿我给你买皮鞋。”

余毛毛挑的鞋比这套衣服还贵，陈皮在巴利的试衣间里把西装又穿上，再换上皮鞋，焕然一新地走出来：“怎么样？好看吗？”他看到鞋底贴着的价签，但他假装没有留意。余毛毛点头：“好看。像搞房产中介的。”余毛毛付账的时候，陈皮躲得远远的，今天花了一万多，这双鞋要六千多。他问：“什么样的演讲啊，要这么高的成本？”

余毛毛说，她的一个朋友，在一家公司做行政主任，希望陈皮去给那里的员工讲一讲“自我催眠和心理健康”，那家公司压力大，好多人都有睡眠问题。“你知道公司里的白领都是势利眼，所以你要穿好看点儿，还有，你别说你是中学老师，别说你的职业。”

“那我是干什么的呢？”

“你是心理学硕士啊。”余毛毛顿了一下，“心理学博士吧，博士比硕士好听。”

“你还不如说我是江湖术士呢。”

晚上，陈皮在家里穿上新衣服新鞋，站到余毛毛面前：“讲课我不怕，但是讲怎么才能睡好觉，我还真没什么经验。”

“所以，我才要你练习呢。”余毛毛坐在地板上，仰视陈皮，她手里拿着一个小笔记本，翻开来：“我给你做了点儿准备。听我念。”

她招呼那条狗坐到她身边：“老杜，你也过来，听陈博士演讲。陈博士？嗯，就是比陈硕士好听啊。”

老杜老实地坐下，陈皮俯身去看余毛毛手里的小本子：“你这本上写的都是什么啊？”

“别动，站好了，听我说，你知道有个美国作家叫菲茨杰拉德吗？他说过一句话，叫，世界上最坏的事就是想睡却睡不着。”

陈皮乐了：“这还用他说吗？”

“演讲就是要引用一些名人名言，你听我的没错。安东尼·霍普金斯，那个英国演员，他说，我们死于过虑，我们什么事都想，就这样杀死自己。想啊想啊想啊，这是一个死亡陷阱。”

陈皮点头：“这话说得还有点儿意思。”

余毛毛兴奋起来，她像念台词一样重复了一遍安东尼·霍普金斯的语录：“我们死于过虑，我们什么事都想，就这样杀死自己。你知道吗？我可喜欢他演的电影了，你看过没有？”

“没有。”

“《沉默的羔羊》？你连《沉默的羔羊》都没看过？”

“这个看过。”

“好了，我不跟你聊电影了，你知道吗，我上大学的时候参加过话剧社，我也懂朗诵演讲，我接着给你念——你们大家为什么害怕晚上醒来呢？因为对你们来说，生存的种种理由受到白天那种光亮产生的激励。黑暗和沉默使你恐惧。你点燃一支蜡烛，可是烛光似乎令你感到忧郁，因为那不是你所需要的光，幻觉不会随着人造光一道出现。”

“这是谁说的呢？”陈皮坐到地板上，拿过余毛毛手中的小本子。

“这是我从书上看来的，叫《自杀的故事》，写了好多人不想活了就自杀，有割脉的，有喝毒药的，还有跳楼的。”

陈皮瞥了一眼老杜，老杜目光呆滞地看着余毛毛，余毛毛冲着陈皮叫了起来：“哎呀，你别坐在地上啊，把新衣服弄脏了。”

陈皮连忙站起身，掸了掸屁股：“不脏，刚擦完地。”

那个小本子是余毛毛的日记，纯白的纸，封底处还有磨损的日元标签，有些页码上是余毛毛的涂鸦，一个小房子，一棵树，一个满头波浪卷的小姑娘，几个小妖怪，文字内容杂乱，有食谱，有抄录的诗句，无法入睡的夜晚，她就在网上乱看，或者看书，七零八落地记下点儿什么，其中不少句子和睡眠有关，用黄颜色标记出来，陈皮翻看着，余毛毛指着本子说：“你看，我喜欢这句话——好人睡得香，但坏人更会享受睡不着的时光。”

这个晚上余毛毛像个好人似的安眠，陈皮倒享有一段睡不着的时光。凌晨两点多了，附近的高楼里还有几个房间亮着灯。他起身，蹑手蹑脚地走到客厅，那个小笔记本还放在饭桌上，新皮鞋在门口的鞋柜下面，闪着亮光，陈皮打开灯，掏出纸，用一个小时写出了演讲提纲，屋里的余毛毛和客厅里的老杜都睡得死沉。

接下来的几天，余毛毛和老杜都要充当陈皮的听众，听他拿着几千字的稿子发表演讲。起先余毛毛还兴致盎然，随后就剩下老杜孤零零地听陈皮讲述如何自我催眠，每当陈皮引用一句名人名言，老杜就不耐烦地叫起来，陈皮觉察出来，每个外国人名对老杜来说都是个障碍，它喜欢家常话，他把余毛毛提供的那些名言从稿子中删除，这样讲起来顺畅多了，每到一个希望听到掌声或笑声的段落，老杜都叫两声，这让陈皮感到满意。余毛毛将最终的定稿输入电脑："陈皮博士，在某某大公司发表的演讲，不行，我得给你起个英文名字，催眠大师皮特陈博士发表的演讲，等你讲完了，我就把它贴到网上去，然后全中国睡不好觉的人就都知道皮特陈了，然后你就到处讲，给别人看病，我就在家数钱。"

她从电脑前抬起头："你说，演讲的时候要给他们催眠吗？"

"效果不一定好，按比例来说，至少有一半的人是不容易接受催眠暗示的，他们要是只想听听怎么睡好觉，未必能催得着。"

"我想也是，咱们说的是科学，是心理学，催眠得另外收钱。"

"你怎么老想着钱啊？"

"当然要想钱了，我们下多大本儿，衣服和鞋。"

陈皮看看脚底下的新鞋："要是有了钱，你想买什么？"

"自由。"

陈皮笑："这能买来吗？"

"你不懂，自由是世界上最贵的东西。为什么大家都睡不好觉？就是因为工作忙。为什么要工作？就是因为被奴役。为什么被奴役？就是不自由。”

“那我们是不是把演讲的题目改成——自由和睡觉呢？”

这次精心准备的演讲没有达到陈皮预期的效果，面对一群成年人时，他发现以往在学校上课的经验反而成了障碍，孩子们尊重老师，可以算是最易接受催眠的人群，而眼前的公司职员则多多少少怀有抗拒心理，这让陈皮感到紧张。演讲稿也成为障碍，陈皮总要想着稿子的顺序，而未能调动现场的气氛。新西装也是障碍，天气热了，背上出汗。然而，在听众看来，这位陈博士还是很有水平的，他没有讲一句糟糕的笑话，他非常认真，最重要的是，他把日常工作的辛劳说成是一种苦难，良好的睡眠是一种补偿，他让听众认真对待睡觉这件事，而不要被白天的幻觉所控制。不断有人拿出本子，记录演讲的要点，有些人也期待陈皮能当众表演一下如何催眠，可陈博士不打算施展他的法术。演讲结束的时候，那家公司的行政主任带头鼓掌，她叫陈青，三十多岁，一个颇有些姿色的少妇，余毛毛给他们相互引荐过。等公司职员从会议室散去之后，陈青拿出一张单子，让陈皮签字：“这是给你的劳务费。”陈皮扫了一眼，五千块，的确是五千块，而不是五百块。他镇定地签上名字。“还有身份证号码。”陈皮很流畅地写下那一组数字。陈青拿回单子，微笑着说：“钱在毛毛那里。”

余毛毛从门外进到会议室：“陈姐，他讲得怎么样？”

陈青笑着回答：“讲得好。”她看着陈皮：“我们去吃点儿东西。”

8

正是周五下班的时候，附近好几栋写字楼里的工作者像蚂蚁一样从他们的巢穴中涌出来，脸上带着难得的轻松笑容。那些写字楼都有 50 层高，能遮云蔽日。余毛毛亲昵地挽着陈青的胳膊，陈皮跟在后面，他们去了底商的一个小饭馆，坐定之后，余毛毛对陈皮说："你就不用叫陈姐了，直接叫姐。"

陈青果然像姐姐一般温柔地望向陈皮："听毛毛说，你是个催眠大师。"

陈皮有点儿拘谨："她总是言过其实。"

"毛毛她原来老是做噩梦，你把她治好了？"

陈皮点头，他望向余毛毛，小饭馆里的灯光是红色的，衬着余毛毛的脸也是红扑扑的，看上去很健康，可她真实的脸色还是苍白，时常发黄，她应该早睡早起，锻炼，无忧无虑，然而，谁又能做到无忧无虑？陈青的脸色也是红扑扑的，妆容精致，可她的睫毛上有一小块淤积的睫毛膏，非常小，但陈皮扫了一眼就能注意到，他甚至能看到这张脸回家之后面对浴室的镜子所露出的疲惫。他头脑中出现了一个怪异的场景，余毛毛和陈青站在一面长方形的梳妆镜前，就像写字楼公共卫生间洗手池那里，有两到三个水龙头，前方是一面镜子，余毛毛和陈青站在那里说话，都面对着镜子，说了两句，两个人都转过头来面对着对方，此时镜子中的影像应该是她们的侧脸，但是，没有。两张正面的、发黄的、有点儿凄苦的脸，还停留在镜像之中，注视着镜子外面的两个人。

陈皮感到余毛毛在桌子底下踢了他一下，他缓过神来，听到陈青说："我还有点儿问题想单独请教你。"

"您说。"

"不着急不着急，我们先吃饭。"

整个吃饭过程，陈青和余毛毛一直在聊她的儿子，儿子该上小学了，好的小学都有入学考试。陈皮遵守着余毛毛定下的规则，不透露自己教师的身份，所以对这个话题一直没参与。只等到服务员端上水果盘，余毛毛借口上卫生间离开，陈青才开始讲自己的问题："我总是做噩梦，一个月总有一两回，每回都差不多。我的魂儿会飘出来，看见床上躺着我和我老公，我能看见自己，像死了一样。有时候我老公出差，我一个人，我就看见自己躺在床上。有时候我是吓醒的，我觉得自己躺在床上要死了，就想快醒醒，别死啊，然后出一身冷汗就醒过来了。有时候是哭醒的，想着我死了，我孩子还那么小，我老公笨了吧唧的也没人照顾，多可怜。有时候好像挺绝望的，飘在天花板下面，卡在吊灯里，过了好半天才醒过来，心里那个难受，还不如哭出来呢。"

"还有别的场景吗？"

"有啊，有时我梦见我，我老公，还有孩子，三个人在草地上玩，我在远处看着，忽然觉得特别危险，有个大卡车要开过来，我就着急，想过去把孩子抱起来，可梦里那个我一点儿也不着急。有时候我是待在客厅里，一家人吃饭，我就在旁边看着。忽然就觉得饭菜里有毒，是梦里那个我下的毒。你听明白了？”

“明白，你老是在梦里看见自己，但她又不是你。”

陈青笑了，好像噩梦中的负担都轻如云烟般消散：“不过，我也做过别的梦，有的可有意思了。我前两天梦见一个男的，屁股是凹进去的，两个大坑，平常总穿个大衣把屁股盖上，这男的整天在大街上盯着女人的屁股看，就看谁的屁股凸，有一天他就追着我，要掀开我的裙子看我的屁股，吓得我就跑。后来我又碰见他，他找到了一个女人，屁股可翘了，他就让那女的趴在床上，屁股撅起来，他坐上去，两个屁股严丝合缝，他坐在那儿可高兴了，嘿，我找到我的屁股了。”

陈皮跟着陈青哈哈笑起来，不自主地偷偷看了一眼陈青的屁股，余毛毛在笑声中回到桌旁：“你们笑什么呢？”

“没什么，我给他讲了一个好玩的梦。”陈青叫服务员结账，她好像只是轻描淡写地向陈皮讲了几个梦境，却没打算从陈皮那里得到什么回应。等到陈皮和余毛毛坐上小雨燕回家，陈皮还有些疑惑：“这个陈青是想让我给她催眠吗？”

“当然了，她请你来演讲，就是想先看看你靠不靠谱。”余毛毛把装着现金的信封递给陈皮，陈皮说：“你拿着吧。”

“那你能治好她吗？”余毛毛问，“她都做什么样的梦啊？她就说她老是做噩梦，可她没和我说过到底是什么样的。”

“我得替她保密，不能告诉你。”

“告诉我，快告诉我吧。”余毛毛撒娇。

“我给你讲个病例吧，是美国的事，有个女的，难产，医生抢救她，她觉得自己要死了，魂儿都飘出来了，待在手术室上边，能看见自己躺在病床上，医生护士都围在边上，她就说，算了吧，别费事了。然后她就听到一个男人的声音回答她，别害怕，一会儿就会好起来。后来她被救回来了，孩子也没事。可她问大夫，谁也不承认说过什么‘别害怕，一会儿就会好起来’，她只能想，她听到了上帝的声音。”

“那这个人以后就老做噩梦？”

“没有，她后来就信上帝了。但是，你要是在梦里面老能看见自己，处于抽离状态的看见，有可能和你以前做过的手术有关，濒死体验有可能在梦里面重复。”陈皮觉得“濒死体验”这个词太正式了，他可不想让余毛毛胡思乱想，随即岔开话题，“后来她那个屁股的梦太好玩了，就是后来我们笑的那个。”

“给我讲讲。”

陈皮讲述凹屁股男人寻找凸屁股女人的梦，余毛毛听了大笑起来：“哈，这个我也能解释，按照弗洛伊德的观点，这肯定和性有关。”

余毛毛的手机响了一声，她掏出来看：“陈青的短信，问你明天下午是否有空去她家。”

陈皮说：“小心开车。去。”

余毛毛一手扶着方向盘，一手回了个“好”字。

第二天是周六，余毛毛又赖在床上不起来，快十二点的时候，陈皮去卧室，看见余毛毛瞪着两个大眼睛望着天花板："你都醒了还不起来？"

余毛毛将两个枕头垫在脑袋后面："我也梦见了。"

"梦见什么了？"

"梦见一个男的，屁股是凹进去的，家里的椅子都要特别设计，凸出来两块，看着可别扭了，就他们家的床是平的，我趴在那床上，他非要坐到我屁股上面不可，我就喊，我的屁股是扁的，我的屁股是扁的，他说，我不试试怎么知道呢？太好玩了。"

陈皮脸色有些凝重。余毛毛又开始愣神儿，好像还在回味那个凹进去的屁股："好玩。"

陈皮说："你老是不起床，赖在床上，是不是总想着做梦玩？"

"是啊，你看出来了？"余毛毛做鬼脸。

"这可没什么好玩的，你还是醒了就起床吧。"

"没事儿，我知道我在做梦，我昨天晚上就想看看凹屁股男人什么样。早上我就使劲想，让我看看他什么样，让我看看他什么样。太好玩了。"

陈皮掀开被子："起来吧，这可一点儿也不好玩。你得送我去陈青那里。"

陈皮和余毛毛要出门的时候，老杜发疯一样叫起来。陈皮蹲下来安抚老杜："别叫了，我们一会儿就回来。"可老杜还是叫个不停，余毛毛说："我们把它带上。"她开车去送陈皮，虽然她很想陪着陈皮出诊，但陈皮不同意："你把我放在她家楼下就行。"

"你估计要多长时间？两个小时？三个小时？"作为经纪人，余毛毛早就定好了陈皮每小时的收费标准，但算账的事情还没有和他细说。

"看情况，最少要两个小时。"

老杜坐在小雨燕的后座上，安静下来，打量着周末四环路上的车流。余毛毛说："你要好好看看陈姐家的那张大床，瑞典出的，什么牌子我忘了，能自动升降，床垫子里是马毛，好像要好几十万呢。"

"那么贵的床，还睡不好觉？"

"是啊，更容易做梦了，天天晚上都骑马打仗。还有他们家的枕头也不错，她好像试过好几十种枕头，茶叶的蚕丝的。她还送给我两个旧枕头呢，说是什么银离子枕头。"

"你用过吗？"陈皮问。

"没用过，我给扔了。"

"别用。"陈皮说。

陈青的家在东四环的一处高档公寓，开车要经过朝阳公园的奥尼尔塑像，塑像下有很多车很多人，陈皮扫了一眼，确定在这么嘈杂的情况下，没有人会飞上奥尼尔的头顶。这天早上他给老杜洗澡的时候，非常仔细地梳理这条狗的皮毛，然后听到杜仲的声音："等我死了，你就买个大花盆，把我埋在花盆里，上面种上花。要不你就干脆把我吃了。"朝阳公园的树林里飘荡着几个彩色的大气球，一阵嘹亮的歌声从扩音喇叭里传出，余毛毛皱了皱眉头，嘀咕了一句："真够闹腾的。"陈皮确信，那歌声和气球都不是幻觉，就飘荡在树林上空。

9

实际上余毛毛在家等了足足有五个小时，这期间老杜每隔一小时就要吵闹一场，对着余毛毛大叫，弄得她心神不宁。她歇斯底里地冲老杜大喊："别叫了，再叫就把你扔了！""别叫了，再叫就把你剁了！"这些威胁无济于事。晚饭时间陈皮才回来，一进门就疲惫地坐在沙发上，老杜在陈皮的脚下蹭来蹭去，余毛毛抱怨道："你不在家，这条狗疯了。"她前几天刚从张子语的"添乐宠物店"买回来好几个狗罐头，用上好的狗粮喂老杜，可这条狗没有感恩之心，现在陈皮回来，它却做出一副乖巧的样子，这让余毛毛感到被排斥在外，甚至觉得她是在和一条狗争夺陈皮，又生气又委屈。

陈皮煮了一袋速冻饺子，两个人安静地吃完饭，饭后余毛毛主动把碗筷都洗干净。沏了一杯茶，回到饭桌前，陈皮拿着一副扑克牌，坐在那儿发呆。

"你要和我玩牌？"她问。

"你坐下，我给你变个魔术。"

陈皮洗牌，把五十四张牌摊开："你心里想着一张牌，我能知道你心里想的是什么。"

余毛毛首先被黑桃 K 吸引了，随即想，这张牌可能太特别了，她看中了方块6。“我想好了，你猜是什么？”

陈皮盯着余毛毛，根本不去看桌子上的牌，过了有二十秒，他说：“方块6。”

“呀，你快教教我，你怎么知道的？”

陈皮松了一口气：“这不是魔术，我能看透你心里想什么。”

“那我一开始还想过一张牌，后来换的，你知道我一开始想的是什么吗？”

陈皮低头看牌：“你一开始想的是黑桃K。”

余毛毛这一下真的感到惊奇，她微张着嘴，不断点头，等着陈皮做出解释。陈皮把摊在桌上的牌收拢好，问：“还玩吗？”

“不玩了，你告诉我这个魔术是怎么变的？”

“我跟你说了，这不是魔术。我就是能猜出来。”

“那你说，刚才吃饭前我想的是什么？我现在想的又是什么？”

“吃饭前，你想的是老杜太吵了，你想把它轰出去。现在你想的是，我怎么给陈青做催眠，他们家那张大床好不好。”

余毛毛撇撇嘴：“这可不难啊，我心里想什么脸上都挂出来了。”

“可你脸上也没挂着方块6。”陈皮笑。这个魔术他上大学的时候玩过很多次，几乎百发百中，当别人固执地默想着一张扑克牌时，陈皮能运用他的摄魂大法猜出来对方想的是哪一张牌，他没法向别人解释这种能力从何而来，也没法向别人解释，这种能力没什么用处，除了在饭桌上做一消遣。所有人的想法都像水流一样，不停地变化，陈皮根本就追不上，他不可能让一个人的脑子停下来，只想一件事，也没有一件事单纯得就像一张扑克牌。陈皮用这个魔术做测验，只是要验证这种读心术一样的能力还在不在，这本事会不会忽然离他而去。他把扑克牌装到盒子里，好像要把自己的能量收拢回身体。

“你都知道我想知道什么了，还不赶快告诉我。”余毛毛把茶杯推向陈皮。

“你猜会怎样？”陈皮喝了一口茶。

“我猜啊，你让陈青躺在那张大床上，然后给她催眠，然后她就想起来了，她几年前做过手术，就是生孩子做的手术，结果在手术台她的魂儿飘出来，其实这手术有惊无险，最后母子平安，但这个事情给她造成了深层的心理影响，让她总是害怕会失去孩子失去安稳的家庭还失去她那个特别能挣钱的老公。也许她生孩子就是为了她老公？谁知道呢。反正她现在住在高档公寓里，老公能干，孩子聪明，看起来特别幸福，可她害怕失去这些。这种不安全感就来自当年的手术。”

这一下轮到陈皮吃惊了，他盯着余毛毛：“你是不是偷看了什么催眠的书啊。”

“干吗偷看啊，我就是看了。”

“那照你这么说，我只要让她回想起那个手术，让她把心里的那种不安全感说出来，我就算把她治好了？”

“当然了，我就是这么治疗自己的啊。”

“你怎么治的？”

“我躺在床上睡不着的时候给自己瞎催呗，我就想呗。我吃饭从来不吃牛蛙，看着就恶心，我就想起来了，我小时候，有一年冬天，我抓到一只青蛙，把它搁在罐子里养，放在屋外的窗台上了，结果那天夜里降温，罐子里的水都结冰了，第二天我看见那青蛙给冻死了，我觉得我做了件特别残忍的事，那以后就落下病根儿了，不能吃牛蛙了。现在我想起这件事，就能吃牛蛙了，明天咱们去试试，看我能不能吃一盘牛蛙。”

陈皮双手捧着茶杯，又有点儿走神儿。余毛毛从厨房里拿来暖瓶，给陈皮倒上热水：“你说我说的对不对啊？”

“按道理来说是这样，可陈青在催眠状态下回忆起来的东西太早了，不是做手术，也不是童年经历，她说她能在催眠状态下看见自己的前世。”

余毛毛把暖瓶放到地上：“看见什么？前世？”

陈皮点头。他告诉余毛毛，他根本没看见陈青那张价值几十万填满了马毛的大床，他们一直在客厅里聊天，陈青说她接受过催眠，那个催眠师是个目光犀利的短发女子，第一次催眠是在一个SPA里，她们关了灯，点了蜡烛。那位催眠师引导陈青，放松手、脚、眼皮，而后陈青就进入了飘浮状态。她看见了自己的前世，看到了南方的草地，树林，小河，断掉的木桥，一个洗衣服的妇人。催眠师让她回想那一世是如何死亡的，陈青厉声大叫起来，她看见一片死黑，那种掐灭一切生机和呼吸的黑，与多年来蒙上被子或闭上眼睛就莫名其妙感到的恐惧相类似。后来她还做过几次催眠，但效果不佳。她想在催眠状态中看到自己的前世，又害怕这样做。陈皮在客厅里和陈青聊天，听她倾诉，不敢贸然给出什么建议。他听陈青讲述了多年来缠绕她的噩梦，但他不想向余毛毛转述，害怕她那个混乱的小脑袋里再装进去更多混乱的东西。

“我也想看见我的前世是什么样子。”余毛毛说。

“你真的相信这些东西吗？”

“你不相信吗？你不是说这条狗是你的同学吗？它的前世不是你的同学吗？”余毛毛把老杜抱起来放到桌子上。

陈皮拍了拍老杜的屁股，给它轰下桌子：“我能做的，就是让你少胡思乱想，让你睡好觉，可你就是喜欢胡思乱想。”

“好吧，我不胡思乱想了。你能治好她的病吗？听起来，她比我严重多了。”

“嗯。陈青说她爸爸会做木工活儿，她小时候，她爸爸总拿木头刻小手枪给她玩，天天晚上把小手枪放在枕头下面睡觉，老是想，要是有妖怪来，就拿手枪打他，后来妖怪就真来了。”陈皮摸了摸余毛毛的脑袋，“你看，老是瞎想，妖怪就来了。”

余毛毛郑重地点头：“我要做个乖孩子，不瞎想了，不吓唬自己。”

10

夏天来临，陈皮无法像往常那样出去旅游了，他的病人已经接近十个。这些人里有余毛毛介绍的，有陈青介绍的，有失眠症，有睡眠瘫痪，也有被噩梦纠缠的。某女士，总梦到自己置身于森林中，被豺狼虎豹追赶，其病根儿就在她衣橱里的十余件裘皮，陈皮给出的办法是扔掉那些裘皮。这样简单的因果关系本来不需要外人来挑明，但那女士无限爱惜地抚摸衣橱里长短不一的皮草，就是不舍得扔。陈皮说，在我看，你这柜子里就是一排动物的尸体，这不像衣柜，倒像是一个冰柜。裘皮女士听了这话决定处理掉她的皮草，此后睡眠逐渐安稳。可这样简单的病例是少数。

陈青的病情还是最复杂的，陈皮尝试让她进入催眠状态，她又看见了自己的前世。说那是在江南的一个宅院，她躺在床上，看见轻盈的床幔和远处的一扇屏风。她能非常细致地描述那里的家居环境，视角固定在床上，像一只从不起身的虫子。陈皮从图书馆里借了很多本描述江南历史的书，还有画册，细细的线条勾勒出老式家具和古旧的玩物，他的大学同学里有几个在从事心理治疗工作，有国际催眠师认证书和行医资格，陈皮去找他们请教，他们的催眠手法远不如陈皮，他们见过的病人更多，但大多不相信什么前世今生。

夏天的夜晚显得很短，白天很长，陈皮穿梭于他人的梦境之中，宛如黑夜飞行。他的生活规律完全打破了，经常凌晨两三点才睡，第二天昏昏沉沉地醒来。余毛毛某天晚上宣布，她辞职了，要天天陪着陈皮。她送他去出诊，在家做饭等着他回来，听他讲一讲这一天的见闻，但陈皮极力避免向余毛毛描述他人的噩梦，这不是出于职业道德，而是担心那些噩梦具有传染性，余毛毛的免疫系统内没有相应的抗体。

有一天下午，陈皮去了“添乐宠物店”，他想让张子语安排一下，和金爷见个面，不是要算命或批八字，他想知道金爷如何理解所谓前世今生，如何面对世间奇怪的人奇怪的事，他真的相信自己能洞察一切吗？陈皮怀疑，某些人的心病根本就不知从何而来，也根本没法儿治好，陈皮开始怀疑自己的能力。

“添乐宠物店”门前有一小块空地，几个围栏围成一圈，老张的十多条狗都圈在里面，老张在边上支了一把躺椅，侧着身子抽烟，他见陈皮走过来忙起身招呼：“有一阵子没见了啊，小兄弟。”

围栏中的狗都叫了起来，那条大金毛还在，那条被涂抹了黑一道黄一道的小狗也在，陈皮指着那条小狗问：“这是什么狗？”

“这是萨摩耶，怎么，想给你们家那狗找个伴儿？”

“它身上涂的这颜色怎么还不掉啊，都好几个月了。”

“我这染料是日本进口的，涂上之后怎么也能维持半年以上。”

老张从店里取出来几管牙膏似的染料，每管单价四百元，“你拿来我给你画，八百块钱搞定，你自己画怎么也得买三瓶，还未必画得好。”陈皮接过染料看，又还给老张：“那我要是不喜欢了，想把它洗掉呢？”

“那也有专门的清洗液啊，也是日本进口的。”

“多少钱？”

“也是四百，一瓶就够，保证不伤毛发。”

陈皮从钱包里掏出四百块钱递给老张：“麻烦你帮我把那条萨摩耶给洗了，我看看。”

老张对陈皮的这个要求没半点儿疑惑，他接过钱，从店里端出大塑料盆，拿出一个药瓶大小的洗浴液，他把那条串了种的萨摩耶抱出来，嘴里念叨着："多好看啊，小老虎似的。"

张子语半拉屁股坐在躺椅上，温柔地给那条小狗洗澡，黑一道黄一道的颜色逐渐褪去，它原本的皮毛色泽显露出来，看上去不那么好看，这让陈皮有些失望。给狗洗完，老张点了根儿烟："怎么着兄弟，你不是专门来给这狗洗澡的吧？"

陈皮没提要见金爷的事，眼前的张子语让他明白，给狗看病给人看病都是为了挣钱，他不相信金爷能给他什么帮助，更不愿意再和他们打交道："我来买罐头。"

张子语吐出一个烟圈："我这儿刚进了一批美国的罐头，可棒了。"

陈皮拎着个塑料袋，里面装着两盒罐头，离开了"添乐宠物店"。他上次来这里找老张，是他刚刚收留那条流浪狗，他恍惚间以为，他只是收留了一条流浪狗，从来不知道张子语能听得懂狗说话，他也没见过什么金爷，也没机会认识余毛毛，他只是到这里买点儿狗粮，回到家也只有一条狗陪伴，那条狗也没有什么前世。

这一个月，陈皮听到了很多对梦境的描述。有一位女士，梦到她把一个小男孩的头割下来，放到一个碗里，那个头颅像鸡蛋泄掉了一样，头盖骨的眼窝怎么都对不齐眼睛。她就用两只手拼命对齐，像组装一个玩具人偶，弄得一碗都是血和脑浆，还是对不齐。她想把小孩头组装完毕偷偷还给他爸妈的，最终却把这碗泄掉的鸡蛋冲进了马桶。她还在梦中上天入海，走在高耸入云的铁索桥上，脚下不是木板，而是一朵朵白云。她高兴地踩在上面玩，突然间就踩空了，不知道坠落了多久才到地上。随后又登上一艘荒废的船，航行于海上，一个穿白裙的小女孩在甲板上干涸的游泳池里微笑，游泳池四壁出现无数细孔，开始渗血，那女孩消失了，但依然肆虐地在笑。陈皮能够想象，他的病人遭遇这样的噩梦，醒来时该多么惊恐，甚至会鬼哭狼嚎，但这样的梦境对他不会有任何负面的心理影响，唯独有一个梦，他听完之后就印在了脑海里。

那是在梦里过独木桥，陈皮知道，独木桥会频繁地出现在很多人的梦中。过桥的人戴着两块手表，左手是一块带指针的机械表，右手是一块电子表。独木桥像跳板一样悬空在水面上，很长很长。看不见对岸，目光所及之处还是水面，好像永远走不到尽头。梦中人去叉鱼，叉到一条两米长的大红鱼，一群人把那条鱼大卸八块，他们在桥上生起篝火，煮鱼汤，鱼汤很鲜美。那条两米长的鱼不知怎么就缩小成了饭盒里的鱼汤，只有一饭盒，鱼肉和鱼骨都消失了，喝完这口汤，梦中人接着走独木桥，前面又碰上了一群人，拿着叉子在桥上叉鱼，他们的脚固定在桥上，整个身子都能探进到水里，水里有一条大红鱼，足足有两米长，它在水里游着，没有被叉到，桥上的人都屏住呼吸，等着那红鱼再游过来。他们回过头来，愤怒地看着梦中人，好像她发出了声响让那条鱼逃遁。梦中人也屏住呼吸，但她惊恐地反应过来，是时间出了问题。她戴着两块表，这两块表都可以调节，可以改变时间，一个能向前，一个能向后，如果机械表发条的频率和那块电子表一致，那就是正常时间，如果不一致，时间就变成正向或反向的，要命的是，梦中人不知道哪块表是在走向未来哪块表是走向过去，为了试验它们如何改变时间，她在那条没有尽头的桥上走来走去，不停地拨指针或者改变数字，对时间做加减法。她看到桥上有人在叉鱼，然后她喝到了鲜美的鱼汤，她喝到了鲜美的鱼汤，然后又看见那条鱼还在水里游，她完全混乱了时间的方向，不敢再看手腕上的表，她想把表摘下来，扔到水里，却发现那两块手表像一副手铐。

梦中人可没有收藏手表的习惯，她觉得这个梦好玩，轻松地讲给陈皮听，但陈皮觉得，这是一个最可怕的梦。他拎着塑料袋，袋子里的狗罐头磕碰着，好像张子语跟在身后，喃喃地对他说："我去你家看看，养狗得看岁数，要是你那狗才几个月大，比如七八个月吧，那是最调皮的时候，不听话，过了一岁就好多了，就懂点儿事了。养狗得有耐心。"陈皮后悔了，他在几个月前就应该拒绝这个带着狗骚味的汉子去他家，根本不去探究那条狗想表达什么，这样他就不会纠缠在自己的幻觉中，也不会被别人的梦牵扯。

11

陈皮和余毛毛说过，这个暑假他想去青岛，在海边转转，上崂山看看，余毛毛想去云南，去泸沽湖，香格里拉，还有梅里雪山，她说要去云南怎么也得有一个月的时间，陈皮说，反正你辞职了，在家也没事儿干，不如到云南去玩。余毛毛问，那你不想我吗？他想的是让余毛毛离开，离开一阵子，他有时会厌烦地板上不断飘落的余毛毛的头发，厌烦厨房里没有收拾的碗筷，外卖送来的餐盒，厕所里多出来的一瓶瓶洗浴液、香波、香水、眼霜，他蹲在浴帘后面清理地漏里的毛发，那地方本来两个月都不用清理，现在每个礼拜都会堵。他更害怕余毛毛扔在垃圾桶里的带血的卫生巾，但他不敢说，你去玩吧，我宁愿一个人待会儿。余毛毛盯着陈皮："我害怕一个人睡觉，我要是在哪个小客栈里遇见鬼可怎么办。"

陈皮说："别怕，你原来梦魇，是压力太大，现在你去玩，一点儿压力都没有，肯定是玩得好睡得香。"

余毛毛试探过，想把她租的那间房子退掉，完全搬过来，陈皮对此不置可否，他说，要是我们吵架了怎么办？他们做爱的频率在减少。他们在夜晚睡得还不错，每天早上，陈皮都会问余毛毛，你睡得好吗？大多数时候，余毛毛的回答是睡得挺好，她八点钟就能起床，不再赖床，她偶尔会起得更早，为陈皮做早饭，只有一次梦魇，那是陈皮早上六点出门拜访一位医生朋友，余毛毛在床上听到钥匙转动的声音，听到门打开，听到脚丫子甩掉一双皮鞋的声音，她以为是陈皮回来取什么东西，过了几分钟，她明白过来，屋子里只有她一个人，没有人进来过。她睁开眼睛，盯着天花板，不觉得害怕。她并不害怕一个人睡觉，可隐隐地有些害怕要失去陈皮。

噩梦重新降临的那个夜晚，余毛毛完全崩溃了。她尖叫着坐起来，头发蓬松，手里紧紧攥着毛巾被，咬着被子的一角，眼里含着泪，陈皮被惊醒，心跳的频率好像一下子达到每分钟120下，他问：“怎么了？”他抱住余毛毛，余毛毛在他怀里哇的一声痛哭起来。“别怕，别怕，我在呢。”陈皮说。老杜也被吵醒了，它悄儿没声地趴在卧室门口，观察着床上的两个人。余毛毛哭了足足有十分钟，用了好几张餐巾纸擦鼻涕和眼泪，陈皮问：“做噩梦了？”余毛毛点头，泪水无声地流下来，陈皮将屋子里的灯全部打开，连同那盏蓝色的海洋灯，他光着身子站在床边，有点儿手足无措：“梦见什么了？”

余毛毛摇头。

陈皮从冰箱里拿回来一盒酸奶：“吃点儿东西，镇静一下。”

余毛毛撕开盖子，看见黏稠的酸奶，猛地扔到地上，她又哭了起来，撕心裂肺，跪在床上，脑袋向膝盖伸去，陈皮又着急又恼火，老杜也叫了起来，楼上的邻居敲响暖气管提出抗议。陈皮拍打着余毛毛的后背，想让余毛毛安静下来：“别怕别怕别怕。”

等到余毛毛终于安静下来，告诉陈皮她的噩梦，就轮到陈皮害怕了。她说：“我杀了一个小孩儿，我把他的脑袋割下来了。”

“嗯，嗯。”陈皮拍着余毛毛的肩膀。

“我把他的脑袋放在一个盘子里，看见了那个小孩儿的脑浆，白色的，像酸奶。”

陈皮看了看扔在地上的酸奶盒子和溢出来的酸奶。

“他的骨头都没了，整个脑袋软软的，像一个没煮熟的鸡蛋，眼睛往下耷拉，鼻子往下塌，嘴巴也变小，我就用两只手呼噜那脑袋，想让它保持原状，想赶紧给它装回去。”

陈皮此时的心跳已经到了 140 下，他不是害怕余毛毛对这个噩梦的描述，他担心的事情还是发生了，噩梦能够传染。这个小孩子头颅的噩梦是他的第五号病人讲给他听的，那是陈青的一位朋友，和余毛毛素不相识。

余毛毛接着往下说：“后来那个小孩儿的父母找过来了，他爸爸问，你看见我们家宝宝了吗？我说，没有。他妈妈也问，你看见我们家宝宝了吗？”余毛毛讲得入神，居然模仿着男女中年人的声调。

陈皮随手把卧室的大灯关掉，只剩下那盏海洋灯，余毛毛对灯光的变化并不留意：“后来他的表姐来了，和我岁数差不多，她说，那个宝宝呢？我说，不知道。她就笑，还问我，你是怎么把他脑袋割下来的？电锯和骨头碰在一起是什么声音啊？她还笑，说，我一听见电锯的声音就牙疼，你不牙疼吗？然后她就张开嘴，说，你看，我有两圈牙，上面一排下面一排，里面一排外面一排，这样我就能把你的脑袋直接咬下来。”

听到这里，陈皮的心跳放缓了，这后一段情节不是从别人那儿来的，但余毛毛的自我发挥也相当了得。他让余毛毛躺好，洗了一条热毛巾，敷在余毛毛的脸上，余毛毛隔着毛巾嗡声嗡气地说：“完了，明天眼睛该肿了。”

他把地上的酸奶打扫干净：“眼睛肿了就不好看了。”

“嗯，不好看了。”

他把外面的灯也关掉，把老杜安顿好，看了看表，是凌晨四点，他穿上一条运动短裤和一件运动衣，想出去跑一跑，但他不能丢下余毛毛，他躺到余毛毛身边，握着她的手。余毛毛鼻孔处的毛巾张一下缩一下，他拿起那条毛巾，看见余毛毛眉头紧锁，闭着眼睛。

天亮得早，等余毛毛再次入睡，窗外已经一片白。陈皮迷迷糊糊地睡着了，再睁开眼时，已经是早上十点多，余毛毛也醒了，赖在床上还不肯起来。陈皮问："睡得怎么样？没再做什么梦吧？"

余毛毛把脑袋支在胳膊上："我又做了一个美梦。"

"什么美梦啊？"

"我梦见你出去玩了，回来的时候给我带了个礼物，是一件狐狸皮的大衣，狐狸的毛是金色的，我穿上大衣给你看，你就说，你是我的小狐狸精。"

陈皮的脸黑了下来，他听到余毛毛的声音在非常远的地方响起，又清晰地传入他的耳朵："后来我跑到一个森林里，后面有好多狐狸追我，我回头看，全是金毛狐狸，我就跑，跑啊跑的我就醒了，累死我了。"

这个白天，陈皮和余毛毛寸步不离，他们去超市买菜，在家做饭，洗了一大堆衣服，看了两张 DVD，陈皮想和余毛毛好好谈谈，又不知从何说起。他们在晚饭后散步，余毛毛说她两年前去希腊海岛玩，买了一大堆明信片，却不知道寄给谁，她在旅途中没有噩梦，每天玩得筋疲力尽就沉沉睡去。陈皮说，要不我们明天就订个旅行计划，再去希腊看看，我们不去青岛了，我们去希腊。此刻只要余毛毛说声好啊，他们就会出去旅行，可她说，过些日子再说，我们还有病人呢。

两人晚上十一点上床睡觉。陈皮睡得并不踏实，大概是两点半，他觉得心跳得越来越厉害，他醒过来，感到一阵心悸，在一片黑暗中，他听见余毛毛问："青岛是不是有一条特别长的栈桥啊？"

"你还没睡着？"

"我做了个梦，又醒了。"

"你说什么？"

"我问你，青岛是不是有个栈桥，特别长。"

"是有个桥，在海边，不算太长吧。"

"我梦见我们去那儿玩了，我们说好在桥上见，我沿着那桥往海里走，回头看不见岸，那桥好像特别长，往前看也看不到头儿，我走啊走啊老也看不见头儿，我就疑惑，我是不是走反了啊？我就回头走，又走了半天，就更晕了，这桥就是一根直线啊，我就想，我走过的地方就做个记号，我把我的裙子撕下来一条，系在栏杆上，做了个记号我就往前走，结果走出去好长时间，又看见我那记号了，再一看我那裙子都被撕得差不多了，你也不出现。"

陈皮默不作声地听着，余毛毛用脚踹了他一下："你说，你为什么把我骗到桥上又不出来接我，你跑哪儿去了？"

陈皮把海洋灯打开，蓝色的灯光充满了房间，原来这灯光能呈现流动的波纹，现在好像有一个机关坏了，只是一片浑浊的幽蓝，陈皮摆弄海洋灯的按钮："怎么坏了？"

"你先别折腾那灯了，你说你跑哪儿去了。"

陈皮坐起来，用手盖住余毛毛的眼睛："好了，你马上就找到我了，你把那座桥忘了吧，桥下面是大海，大海是蓝色的，我带着你在海边跑步，海风那个吹呀海浪那个摇。"陈皮感到指尖一凉，那是余毛毛的眼泪。

"你听过崂山道士的故事吗？崂山道士能穿墙。我也听过一个能穿墙的故事，说有一个人，能穿墙，可没人相信他有这个本事，他就抢了家银行，被关在监狱里，然后他就和警察说，他能穿墙，警察都觉得他疯了，谁也不当真，到第二天，他果然穿墙越狱了。"

"后来呢？"余毛毛问。

"后来他认识了一个姑娘，就穿墙和那姑娘约会，有一天，他的法术忽然失灵了，他就被卡在墙里了，进也进不得，退也退不得。"

12

余毛毛觉察出来，陈皮有意在躲着她，即使睡在一张床上，也避免身体接触。有一天夜里，她被噩梦惊醒，发现陈皮居然睡在外面的沙发上，她把陈皮推醒，冷冷看着他。"怎么？"陈皮睡眼惺忪地问。余毛毛不说话，陈皮坐起来："又做噩梦了？"余毛毛抓起一个靠垫向陈皮头上砸去。

"你疯了？"陈皮说。

“我就是疯了，我要变成鬼，咬死你！”余毛毛哭了。

“好了，好了，别闹了。”陈皮站起来哄余毛毛。

“你为什么抛下我不管？”余毛毛捶打陈皮。

“我刚刚在外面想点儿事情。”陈皮指着桌上的几个啤酒瓶子。

“我也要喝酒。”余毛毛抄起剩下的半瓶啤酒，咕咚咕咚喝下去，然后跑到厨房，拿起一瓶用作料酒的二锅头，仰着脖子往下灌。

陈皮好像故意慢了半拍，想看看余毛毛要怎么闹，他夺下余毛毛手中的酒瓶子：“你要干什么呀？”

余毛毛已经满脸通红：“你不是不管我吗？你不是不管我吗！”

“谁说我不管你了？”陈皮把余毛毛揽在怀里，“别闹了，是我不好，我们去睡觉啊。”

他们回到床上，余毛毛抽抽答答的，她不想再对陈皮说她做了什么梦，她看出来，陈皮对她描述的梦境已经不感兴趣，甚至有些厌烦，一念至此，她更伤心地哭起来。陈皮的确不想知道余毛毛又做了什么样的噩梦，他把自己的病人做了编号，把他接触过的每一个梦境都做了编号，他的头脑清晰，记忆力惊人，他一直没有做笔记，害怕白纸黑字落到余毛毛手里，但他记着每一个梦，过去的这些天，陈皮看着余毛毛将这些噩梦一一重复。他确信，只有将所有的病人都治好，余毛毛的噩梦才会停止。但催眠、放松、冥想、倾诉，这些手段都需要时间，他轻轻地拍打着余毛毛的后背：“别哭了。”

余毛毛翻过身，抓着陈皮的手：“我们不给别人看病了。”她把陈皮的手放入嘴中，狠狠地咬了一口：“你根本没有治好我的病。”

第二天余毛毛去东城找了金爷，胡同口停着几辆高档汽车，那都是来找金爷算命求卦的，余毛毛在小院的葡萄架下喝茶，等了足足有三个小时，才见金爷从北房里将客人送出来，金爷向余毛毛微微点头，示意她再稍等片刻。他把客人一直送到大门外，看着他们发动汽车离开，才回到院里：“毛毛，好久不见了，最近怎么样啊？”

余毛毛跟着金爷走进北房：“不怎么样。”

“是，是，要过得好呢，就不来问我，要来问我呢，就肯定遇见什么事儿了。”金爷在八仙桌旁坐好，有伙计上来给余毛毛换了杯新茶。

“是我不好，应该常来看看您。”

“说说吧，遇到什么事了？”

余毛毛坐在四出头的红木椅子上，腰板挺直，双手放在膝盖上：“您还记得上回您过生日，有个小伙子和我一起给您祝寿吗？”

“记得啊，那小伙子姓陈。”

余毛毛忽然有些忸怩，不知道该怎么说下去。

“你们两个不错啊。”金爷直截了当，明察秋毫。

“您知道我们两个在一块儿了。”

金爷目光望着半空：“咳，这青年男女的事，不是在一块儿了，就是不在一块儿了。”

“您觉得我们合适吗？”余毛毛从兜里掏出一张小纸片，上面是她和陈皮的生辰八字。

金爷接过来仔细端详，左手掐算着，沉默半晌。余毛毛又问：“您上次说那个陈皮天赋异禀，也能悬壶济世，您觉得他能干吗呢？”

“他能治好你的病，你有什么病，他都能治好了，可话说回来，他要是出去给别人看病，你未必受得了。那小伙子煞气太重，神鬼不敬，他自己没事，但你受得了受不了得两说着。从八字上看，你们两个还真不太合适。”

“您是说，他要是出去驱邪，那些邪气会带回来传给我？”

金爷拿起盖碗儿茶喝了一口：“姑娘你想想啊，这驱邪的事儿，古时候都是什么人干呢？不是老道就是和尚，驱妖孽超度亡灵，谁能有家有室的还干这个呢？”

余毛毛也拿起茶杯，脑子里乱成一锅粥。她打算把她和陈皮的故事都讲给金爷听。

就在余毛毛向金爷倾诉的时候，陈皮在另一个地方刚刚结束一次出诊，病人在催眠状态下向他倾诉了以往不愉快的经历，陈皮草草应付了一番。他看看手表，是下午五点，还来得及去超市买些东西，给余毛毛做一顿晚饭。他知道余毛毛爱吃排骨，爱吃西瓜，他打算炖一个排骨藕汤，把西瓜放到冰箱里，吃完晚饭再吃西瓜。他在超市里完成采购，急急忙忙往家赶，进了家门发现余毛毛不在，这样也好，他可以做好饭菜等着余毛毛回来。

等到饭桌上的排骨汤都凉了，余毛毛也没有回来。他打了电话，没人接。他发了短信，没回。陈皮有些恼怒，坐在沙发上喂狗。老杜吃了两块西瓜之后，冲着电视又叫了起来，陈皮心烦不想看，可老杜居然叼着遥控器放到他手边。电视里是一个法治节目，一个非常有正义感的女主持人在讲述一起诈骗案，某男士结交了一位女友，两人恩恩爱爱地过了一个多月，女人提出要购买一款理财产品，三个月即有10%的收益，但五十万起售，女人说她手里只有二十万，男士便说他手里正好有三十万闲钱，不如凑在一起买。陈皮觉得这男人实在傻得够呛，这么简单的骗局都琢磨不清楚。随即想到自己，从最初的那笔演讲费用开始，所有他挣来的钱都在余毛毛手里，那是招商银行的一卡通，打进去了多少钱他并不清楚。他关上电视，把老杜踢到一边。

余毛毛回来的时候浑身酒气，进了门就钻到厕所里干呕，陈皮躺在床上，置之不理，外面余毛毛终于安静下来，走进卧室，打开灯，惨白的灯光倾泻下来，陈皮的眼睛被晃了一下，他没好气地问："你干吗去了？"

余毛毛很平静："我去找金爷了。"

陈皮无名火起："你找他干吗？"

"喝酒。"

"你跟那个老骗子喝什么酒！"

"谁是骗子？你才是骗子呢！"余毛毛厉声说道。

陈皮愣住了，呆坐在床上。他本来卧在床上想起身，听了这话又僵住，两只手撑着放在背后两条腿叉着。

"我的噩梦都是你传染的是不是？"余毛毛的眼泪又流下来。

“你别听这帮老骗子胡说，他们懂什么。他们老说邪气啊煞气的，都是扯淡。他们的话完全没有科学依据。”陈皮坐到床沿上。

余毛毛擦了擦眼泪：“我就问你，我的噩梦都是你传染的，是不是？”

“别扯淡了，我已经治好了你的病。”陈皮想拉住余毛毛的手，被余毛毛甩开。

“你没治好我的病，你让我病得更重了。”余毛毛的语调轻柔下来，楚楚可怜。

“我错了，我错了，我再也不给别人去催眠了。”陈皮此刻下了决心，“你看，我给你做了排骨汤，我还给你买了西瓜。你喝碗汤，吃点儿西瓜。”

余毛毛摇摇头：“陈皮，我们分手吧。”

陈皮被这句话激怒了，昨天晚上余毛毛喝二锅头的时候，他恨不得这个女人马上从他面前消失，可现在她真提出要走的时候，他忽然变得愤怒：“你要怎么样？”

“我不要怎么样，我只要和你分开。”余毛毛从屁股兜里拿出那张一卡通：“这是你的钱，差不多快有六万了。”

陈皮接过一卡通，把它插回到余毛毛的屁股兜里：“我不要钱，我要钱干什么，我能猜出来这银行卡的密码，只要你想，我就能猜出来。别人的密码我也能猜出来。”

“是你的生日。”

陈皮愣了一下，没吱声。

余毛毛看似已下了决心："我就是告诉你一声，明天我来收拾，搬走。我想出去玩一阵子，你的钱要是不要，我就去花了。"

陈皮对这样的安排好像也没什么不可以接受的，他想向余毛毛解释清楚，他没有骗她，让她留下一个好印象似乎比挽留她更重要："我没想瞒你什么，你最近做的噩梦都是传染来的，基本上每一个都是，我怕吓着你，根本就没告诉你。我想把她们都治好了，你就会好起来。她们都能睡好了，你也能睡好了。"

余毛毛轻轻一笑："她们是谁，我又是谁。你为什么不停下来？"

"我不想被你控制，你听懂了吗？"陈皮挥了一下拳头，"一开始就是你控制的我，你为什么要我去看病啊，你不是想让我给你挣钱吗？你不是想自由吗？我本来不是好好的吗？我们本来不也挺好吗？干吗要出去挣钱？干吗要给别人催眠？都是你想的！都是你要我做的。可我为什么要听你的呢？你被传染了，我就要停下来？为什么我什么都得听你的？什么都要你控制？我能治好你的病，我也能治好别人的病。"

余毛毛被这番咆哮吓得脸色苍白，她想问一下，这不是爱吗？你难道不爱我吗？但眼前的陈皮变得非常陌生，让她根本没法问出口，她在心里默想：陈皮，如果你真的掌握什么读心术，你应该能猜出来，我此刻心里想的就是爱，你看不出来吗？

陈皮漠然地看着余毛毛，好像根本不具备什么特异的本领，他走到外面，端起那一大碗排骨汤，倒进马桶，水流声传过来，又一阵水流声，排骨汤应该全被冲走了。余毛毛清晰地听到陈皮的声音，带着厕所里的回响：“什么他妈爱啊！都是控制！”

他果然是掌握读心术的，他果然会摄魂大法。余毛毛走到床头柜前，把那盏海洋灯的电源线拔下来，她捧着那盏海洋灯，离开了陈皮的房间。

13

开学之前，陈皮向学校请了一个月的假，他要把手边的失眠者料理完毕，回去好好教书。他不再见新病人。那篇皮特陈博士的演讲挂在网上被转载多次，但也没什么人打听陈博士是何方高人。陈皮庆幸自己又要回到平静的生活中，每完成一个病人的治疗，就像从电脑中卸载一个程序。他好像正从一个噩梦中醒来，但又留恋这种随时能脱身离去的状态。陈青还是他最重要的病人，他把其他病人都打发之后，他回到学校上课之后，还坚持每个周六下午，都去陈青家看看。

他第一次走进陈青的卧室，是在北京最热的一天。陈青好像刚洗完澡，头发盘着，穿着一件棉质的家居服，上面是细碎的小花，陈皮好像闻到了六神花露水的味道。他盯着陈青的后脖梗子，跟着她进入卧室，他有一种强烈的冲动，想把陈青扑倒在那张两米长、两米宽的大床上。为了克制这冲动，他十分仔细地打量整个房间的布局，很快就注意到，床边有个梳妆台，梳妆台上有一面镜子，非常陈旧的款式，陈青的家具都极讲究，显得这面镜子有点儿格格不入。他问陈青这镜子的来历，陈青说，是她十岁时买的，这些年来一直跟着她。陈皮问："你为什么要用这个老镜子呢？"

"我听说，老镜子最好别扔，等你老了，就能从里面看到年轻时的自己。"

下一次再去的时候，陈皮看不到老镜子了，卧室和客厅都收拾得干干净净，陈皮提出，要看看她儿子的房间，陈青还是笑："你到底是心理医生还是风水师啊？"小孩子的房间也非常干净，床铺整洁，一张黑色的写字台上立着白色的苹果电脑，看不出是个小孩子的房间，陈皮问："怎么这么整齐？没有玩具？"

"我儿子就喜欢玩电脑。"

其他的房间陈皮也看了，特别是书房，陈青陪着他参观这间两百多平方米的公寓，不经意地说道："我先生老出差，家里没什么人。"

每次陈皮来，陈青的孩子都是被保姆带着去学围棋，但陈皮看不出这屋里有这孩子留下的痕迹，也看不出陈青丈夫的痕迹。他注意到这两个人"行为痕迹"的缺失，每个人每时每刻都有行为发生，有一部分行为会在环境中留下物质痕迹，比如桌上一个脏的咖啡杯，吸烟之后留在房间里的味道，书桌上摊开的一本书，枕头边留下的头发。陈皮在厨房打开垃圾桶，空空的只是一个垃圾袋，打开冰箱，饮料、牛奶、水果摆放得整整齐齐。

陈皮问："你们家有几个保姆啊？"

“两个。”

“我怎么从来没见过呢？”

“你要见她们干吗？她们有专门的保姆门，走另一道门。”

陈皮站在客厅中央：“你的屋子太干净了，完全不像有人住的，你应该让家里乱一点儿，不一定要收拾得这么干净。从刑侦学的角度说，只要有人进入过一个地方，就肯定发生了痕迹交换，他留下了痕迹，也带走了痕迹，可你这屋子，太干净了。”

“我第一次听说家里还不能干净，这和我的失眠有关系吗？”

陈皮笑：“你不觉得你的家像个布景一样吗？你不觉得你的脸有点儿不自然吗？人的脸上也能找到‘行为痕迹’——长时间的皱眉、怒视，或者笑，都会在脸上留下印记，越老越明显。你做过美容手术吗？”

“没有，不过我过几年想去打一针肉毒素。”

陈皮不知道啥叫肉毒素，也不懂美容：“你想想你的梦，你梦里的家都不是这个样子，都是有行为痕迹的，在吃饭，或者是你们在外面玩，有泥土。你干吗要让家里这么一尘不染，干吗要那么在意皱纹，你太紧张了。”

再去的时候，陈青家里多了两个花瓶，插着鲜花，多了一个鱼缸，卫生间的毛巾也挂得不是那么正了，餐桌上的水果盘不再摆着静物一样的橙子，而是青红相间的苹果。陈青的睡眠在一点点好转，有一个月没有做那个灵魂出窍的梦。陈皮讲了好多种放松的方法，最有效的一种，是让她的儿子画了一张画，绿树，小房子，红太阳，陈青把这张画贴在床头，按照陈皮的吩咐，每晚睡觉前看上五分钟。

余毛毛在某天下午潜入陈皮家里，把她的衣物收拾好，打包带走。在她收拾房间的过程中，老杜始终不声不响，以至于余毛毛怀疑，这条狗就是陈皮的替身，他也会这样沉默地注视她的离去。她把钥匙留在门口消防栓的箱子里，然后发短信通知陈皮。陈皮收到这条短信之后立刻删除，他不愿意余毛毛在他的生活中再留下什么痕迹。他希望余毛毛能花半年的时间到云南去转一圈，他希望余毛毛能有良好的睡眠，能遇到一个可爱的小伙子，这不是什么太困难的事情。

老杜也在陈皮的生活中消失了。那天晚上，他们照例出去跑步，经过楼下那个被称为“大屎撅儿”的海螺雕塑，陈皮停下来打量，没有地方可以攀爬。他蹲下来摸了摸老杜的脑袋：“你该离开这里了，可惜我不能跟你一起走。”老杜冲他叫了两声，眼中似乎充满了泪水，它转身跑开，陈皮跟在它身后。临近十一点的时候，那条狗在前面越跑越快，陈皮追不上了，老杜没有一点儿停下来的意思，陈皮站住，喘着气，他想叫住老杜，又觉得这样由它跑掉更好，他立在黑夜之中，环顾四周。回到家之后，他把狗窝和狗罐头全部清理了，仿佛他从未收养过一条流浪狗。

最后一次去陈青家的时候，陈皮教她自我催眠，陈青躺在那张马毛填充的大床上，一步步按照陈皮的引导入睡，卧室朝南，窗外的阳光逐渐暗淡下来。等她醒过来的时候，她有些疑惑地问：“我真睡着了？”

“你真睡着了。”陈皮说，“这么舒服的床，没理由睡不好。”

他不敢肯定陈青是否在此后能睡得好一点，能把噩梦清除，他只能不断给她积极的暗示，想到这是最后一次给陈青治疗，他略微有些不舍。

“你下礼拜真的不再来了？”陈青问。

“不用来了吧？”陈皮马上意识到这个疑问句透露出了他的不舍，他说，“不用来了，你能睡好，万一有什么问题，你再给我打电话，不过，应该没什么问题。”

“我好像还差你几次费用呢。”

“我说过了吧？我不要钱。”

“那我送给你一样礼物吧，你喜欢什么？”

陈皮笑：“不要了。”他看着那张价值连城的大床：“不要什么礼物，不过，我想在你这张床上躺一会儿，要是方便的话。”

陈青坐到沙发上，笑了：“你躺吧。”

陈皮躺了上去，屁股颠了颠：“真舒服啊。”他拍了拍床垫：“这个真能升降？”

陈青按动按钮，大床如高级越野车的底盘那样升了起来。陈皮在床上摆了个“大”字。陈青看着床上的陈皮，希望这小子下个周末还能来陪她聊天，转瞬又觉得自己的念头荒唐，她拿起一瓶水，喝了一口：“嘿，你也给自己催眠吧，然后我问你答。”

陈皮笑了，他从兜里拿出那根从韩国烧烤店里顺的筷子，这根筷子被他当作神器一样留着：“我很快就能睡着的。”他盯着那根筷子，慢慢闭上眼。

陈青双手抱在胸前，沉吟片刻：“我还真没什么好问的，你自己说说吧。”

陈皮说：“从你家客厅，能看见奥尼尔的雕像，你说要从这儿飞到熊猫环岛那儿，得飞多长时间，中间要不要歇脚？”

“你说什么呢？”陈青嘀咕了一句。

“我就见过有人飞，你们看不见。你们看不见，就说是我产生了幻觉。也许是吧，你知道那只大熊猫去哪儿了吗？它飞走了，熊猫在天上飞。”

“哪儿来的熊猫啊？”陈青问。

陈皮没回答，像是睡着了。陈青看着挂钟，走了有五分钟。然后听到陈皮自语：“你没听说吗？晚上十一点，所有人必须找到一个动物，让这个动物飞起来，这个地方要毁灭了，每个人都必须找到一个动物，让它飞起来，你骑上去，让它带着你离开。你这个床垫里面是马，你要想办法让这匹马飞起来。我听到这个消息的时候都十点半了，就满世界找啊，我的狗也不见了，我看见好多人骑着猪在天上飞，就是平常的猪，黑色的白色的都有，肚子里好像藏了一个灯笼，鼓鼓的。光透过肚子上的皮肤照出来，红色的。每头猪都被套上了缰绳，像马一样，每只猪背上都有人。我一个人在路上走。灯笼猪驮着人通通往我的反方向走，我要赶不及离开这地方了。还好，路上有个人，大概脑子被驴踢了，从一头大猪换到另一头小猪身上。大猪就空了，我立刻上前。这是第一次跟灯笼猪这种生物打交道，我不知它是温顺还是暴躁呀。我就先鞠躬，说，我要上来了。没想到它还会转过头，跟我握握手，蹄子是跟猩猩一样的。

接下来，我的灯笼猪就一路飞奔啊，因为时间快到了。我听着它的小蹄子敲在石板路上的声音就很踏实。可是它跑了半天还不能起飞，我就着急了，飞啊飞啊，十一点了，它就飞起来，可飞了没一会儿，它就在我的身底下熔化了，就像蜡烛熔化一样，它肚子里的灯笼飞起来，像孔明灯一样。”

陈青听着，半天没有下文，陈皮好像真的睡熟了，她轻声问了一句：“后来呢？灯笼猪要是化了，你不就掉下来了吗？”

陈皮躺在床上，没有回答。

陈青喃喃自语：“你说的这个梦，像动画片似的。”

她看着躺在床上的陈皮，有一瞬间，她产生了错觉，看见陈皮悬浮于空中，好像那些灯笼猪熔化之后，他已经学会了在空中停留，只是他还没有意识到自己的本领，他身体僵硬，四肢伸展，但不敢有任何动作。

此时，陈皮霍地从床上坐起来，非常清醒地说：“我要走了。”

幸福大酒店

我坐在咖啡厅外面抽烟，眺望海景，这是在泰国普吉，幸福大酒店、悦榕庄、希尔顿酒店的海滩都连成一片，早上十点多了，吃早餐的人还络绎不绝。我旁边坐着一对情侣，男人拿着 iPad 在打“愤怒的小鸟”。女人低声说道：“我早就跟你说，普吉这边全是中国人，来这儿就跟去三亚差不多，我们还是应该去甲丁岛，那边中国人少。”男人不说话，女人继续唠叨：“你去不去打高尔夫啊？泰国这边的球场可以要三个球童，一个给你打伞，一个给你背包，还有一个给你扇扇子，你说这泰国人长得真逗，天生就爱伺候人似的，不把你伺候舒服了他们就不高兴。”男人的手指在屏幕上划着，嘴里支吾了一声。女人忽然转变了话题：“嗨，你说这泰国香米好吃吗？我怎么觉得就是闻着香啊，吃起来还是不如日本大米，上次我在日本，白嘴吃了一碗大米饭，人家那米就是好吃。”

我时不时侧过身，打量这对男女，结果发现，隔着这张桌子，那边坐着一个三十来岁的汉子，很眼熟。他叫刘大鹏，我参加过他的婚礼。他的妻子和我认识的时间更久，叫苏眉。我没有贸然过去打招呼，打算看看这个刘大鹏是和谁到泰国玩的。我来这里度假是孑然一身，可刘大鹏未必跟着原配夫人一起来。这位刘大鹏，长得结结实实，相貌堂堂，但好多人都说他是个基佬。我参加他的婚礼是六年前了，当年苏眉已经三十二岁，再嫁不出去就危险了，忽然发来喜酒的帖子。去赴宴之前，我向老魏打听，苏眉到底嫁给了什么人。老魏这人，知道好多八卦，该知道的不该知道的，他都知道。他在电话里很诡秘地一笑："苏眉找了个GAY。"

苏眉是个女强人，长得不难看，但也绝说不上好看。她毛发可能有点儿重，嘴唇上边能看到一撇小胡子，当然，这是她不修边幅的时候。穿上白色的婚纱，露出肩膀和半拉胸脯，脸上抹白点儿，从远处看也算是楚楚动人。她的婚礼在皇冠假日酒店的大宴会厅举行，摆了有三十桌，她的父母也隆重出席，有一桌都是来自山西老家的客人。新郎那边来的人也不少，是山东老乡，公公婆婆说话都带着乡音。新郎刘大鹏高高大大，人如其名，以我的经验来看，怎么也不像是个GAY。老魏在这场合也不好说什么八卦，但表现得依旧不靠谱，他喝多了，嚷嚷着要请我们喝满月酒，她老婆怀孕六个月了，老魏抱着酒瓶子："我这孩子，是老三啊，小名就叫老三啊。我家老大，我家老二，都被我掐死在女朋友肚子里了，我这是造孽啊，我要是跟我先前那个女朋友结婚，我家老大现在该上小学三年级了，我要是跟后来那个结婚，我家老二也该幼儿园毕业了。现在这个是老三，你说，我们家老三满月了，该不该来喝酒？"他说得眼泪汪汪的，周围的人都假装没听见。

苏眉结婚之后，在自己的 Space 上贴出了一组婚纱照，还有蜜月旅行的照片，他们去了马尔代夫，有比基尼照，有酒店大床，有好吃的甜点，一切都幸福得要命。回来之后又贴新居照片，一个联排别墅，一个几十平方米的小院，院子里有花，连续贴了一个月，我估计，她最好的朋友都会被这些照片弄得对她心生嫉恨，忽然，她的空间就不再更新。一年之后，苏眉又贴出了照片，这次是个大胖小子。老魏天天为他们家“老三”忙活，我跟他打电话时说起，人家苏眉办事麻利，结婚生子一年搞定，你那个基佬的谣言不攻自破，老魏一边给“老三”换尿布，一边说：“你懂不懂啊？谁说基佬不能生孩子啊？”这就是我和老魏在世界观上的巨大差异，我总乐得见人人幸福，老魏就见不得别人幸福，看见谁幸福了都能憋出一段血泪史。

邻桌那位打游戏的男士终于放下了 iPad，拿着一块芒果吃得满手流汤儿。我戴上墨镜，歪着身子偷窥刘大鹏，他宽肩膀，穿一件白色 T 恤，目光呆滞地看着大海。一个小男孩蹦蹦跳跳地跑到他身边。“爸爸，吃饭了。”刘大鹏起身相迎，苏眉从咖啡厅里款款走来，左右手都端着一个盘子，上面堆满了食物，后面是苏眉的妈妈，端着两盘水果，我当年在婚礼上见过一面，这位阿姨是个政府干部，喝起酒来颇为豪爽。瞧这阵势，苏眉是携老带幼前来旅游。

我待他们吃得差不多了才上前打招呼：“嘿，苏眉。”我和她这几年也见过几回，都是在工作场合，这也算他乡遇故知。苏眉见到我挺高兴：“嘿，怎么在这儿见到你了。”她拉着一把椅子让我坐下，给家里人介绍，我和刘大鹏握了握手，摸着男孩儿的脑袋问：“这是你儿子啊？几岁了？”

“跟叔叔说几岁了，叫什么。”苏眉说。

“我叫杰瑞，五岁了。”小男孩朗声用英语说。

“嗨，杰瑞，我叫弗兰克。见到你很高兴。”

“你好，我妈妈说，在外国就要说英语。”

我们都是自由行，住四个晚上离开，他们是头天晚上刚到，我是过一天就离开。苏眉说，这个行程是她的助理给买的，多花了几千块钱是去附近的一个小岛潜水。“我这个小助理就是不靠谱，肯定买贵了。”苏眉总爱提到她的助理，有这么一个可支使的人大概让她很骄傲。我们闲聊，杰瑞拿着一本旅游指南让刘大鹏给讲故事，刘大鹏翻看那本书，给孩子讲。“泰国国王叫普密蓬·阿杜德，是 1946 年登基的，你算算他当了多少年国王了？有六十多年了。”他往后又翻了两页，“泰国是东南亚国家中唯一没有经历过殖民统治的国家。”我心里嘀咕，这五岁的孩子知道什么叫东南亚，什么叫殖民统治啊。

咖啡厅里忽然一阵喧闹，一个摄影师，肩扛着摄像机，屁股向前，倒退着走出来，旁边跟着一个录音师，举着录音杆儿，他们拍摄的主角也出现了，那是个西方人，穿着皮靴、牛仔裤、花衬衫，身上杂七杂八地挂着好多条金属链，长头发，我们的目光都集中到他身上。“这是个摇滚明星吗？”我念叨。“这是个魔术师，叫克里斯，我刚才看见大堂里贴着一张海报，说有个魔术师要在这里表演几天。”苏眉说。

克里斯果然已开始表演，咖啡厅外坐着好几十桌，大多是中国人，他先跑到一对西方人面前，借那位女士的餐巾一用，很快，他的周围就聚满了观众。我们矜持地留在座位上，看那边有什么动静，转瞬之间，人群一阵欢呼，一只白色的鸽子飞了出来。显然，克里斯揉搓那张餐巾，变出来了一只鸽子。他穿过人群向我们走来，摄影师跟拍，观众也簇拥着，邻桌那对 iPad 男女对他表现出了欢迎的姿态，刘杰瑞有点儿害怕这阵势，靠在苏眉的腿上。打游戏的 iPad 男士从钱包里掏出一张大面额的美元，对着摄像机展示，然后交到克里斯手里，他大声说："我要更多的钱，变啊，更多的钱。"

克里斯双手合十，夹着那张钞票，摊开双手，绿色的钞票消失了，他卷了下衣袖，露出小臂，双手一搓，把一张粉色的泰铢交到了那位男士手上，他动作飞快，眨眼的工夫已经变出来十几张泰铢，我能看清，面值都是一百，而不是五百，我在头脑中飞快地算了一下美元折人民币折泰铢，果然听见那女士唠叨"亏了"，可克里斯没有再变下去的打算，他向周围的观众挥手致意，微笑着向我们这桌问："你们想要什么吗？"

苏眉抱着孩子，向她妈妈解释，这是街头魔术，就跟刘谦差不多，刘大鹏站起来，跟克里斯握手，一个字一个字地说道："消失，你消失我。"

克里斯右手的食指竖起来："No，no，你不能消失。多好的一家人啊，你不能消失。"他摸了摸杰瑞的脑袋，凭空变出来一根棒棒糖，交到苏眉手里，转身离开。摄影师和观众也都跟着他离开。刘大鹏还站着，既不打算跟过去，也不打算坐下。旁边那位iPad男士呵斥女伴："亏他妈什么亏，我花钱看他给我演出呢。"苏眉小心翼翼地打开棒棒糖的包装，自己尝了两口，才交到杰瑞手上。

和他们告别，路过酒店大堂的时候，我特意看了看魔术表演的海报，中英文对照，魔术大师克里斯，常年在拉斯维加斯表演，此番来到泰国，幸福大酒店将他请来演出三场，克里斯擅长街头魔术，摩托车特技，他最激动人心的表演是让一头大象当众消失，他已经把美国所有的大象都变没了，但我们泰国还有很多大象，且看他能不能把泰国的大象都变没了。

从酒店大堂，我叫了辆车进城，在市中心转了一圈。看见一条街道上插着好多杏黄色的旗帜，一打听，这里正是华裔的"素食节"，最热闹的地方是一座中国寺庙，司机拉着我奔那座庙就去了。庙前面停着一辆电视转播车，香火旺盛，浓烟滚滚，十来个小伙子穿着舞狮的装束，都满头大汗地坐在台阶上休息，百八十个中国游客拿着相机，里三层外三层地围着两人在拍摄，我踮起脚往里看，怎么也看不见里面在表演什么，好像就是有两个人坐在长凳上。我离开人群，退回到转播车旁，车厢里坐着两位老者，对着转播画面正在解说，我走上去看，确信车里的画面就来自外面的表演，那长凳上的两个人正在用钢针刺腮帮子，他们先是在腮帮子上揉啊揉，然后就拿一把钢针扎上去，接着揉啊揉，钢针就把腮帮子刺穿了。我以前看过类似的图片，印度教的某些节日，教徒用钢针刺穿身体，可这个"素食节"专门刺腮帮子，我可闻所未闻。转播车上两位解说员很是兴奋，我趁他们还没注意就往车下走，刘大鹏靠在车门口探头探脑：“嘿，这两哥们儿说得真热闹啊，说什么呢？”

我走下车：“他们说的是泰语，听不懂。”

刘大鹏跟着我往庙里走，指着山门前的一架梯子：“看这个，这是刀山。”

那是竹竿搭的梯子，竹竿之间是一把把利刃，用麻绳捆着。我们到庙里转了一圈，我没上香，刘大鹏也没有上香，出来的时候看见刀山还矗在那里，但“钢针刺脸”的节目已经表演完毕。“没劲。”刘大鹏嘀咕着，转播车上的两位解说都在车外抽烟，看来一时半会儿不会有新鲜的表演。“你去哪儿？”刘大鹏问我。我说：“瞎溜达。”

他掏出一把钥匙晃了晃：“跟我走吧，我租了辆摩托车。”

那是辆本田小摩托，坐在后面要搂住刘大鹏的腰，坐上去的时候我忽然想抓住他的鸡鸡，我被这个念头吓了一跳。刘大鹏开动摩托：“他们说，这个‘素食节’，不能吃肉不能喝酒，也不能有性生活。还说这是狂欢节，不喝酒不打炮还狂欢个屁啊。”

我问：“咱们去哪儿？”

刘大鹏回答：“去海滩。”

东南亚这些海边小城真是没什么可逛的，花草不多，树也不高，房屋破破烂烂，和酒店里面完全是两个世界，但海滩是另一番景色，小商店密集，酒吧密集，我们在一条酒吧街停下，没走两步，就被两个浓妆艳抹的女人拦住，介绍他们的酒吧：“我们这里有泰拳表演。”

刘大鹏往里走，果然看到了拳击台，还有一个花花绿绿的牌子，列出即将对阵的选手，那两个泰国女人抓着刘大鹏的胳膊叽里咕噜地说话，刘大鹏有些着急："你妈的人妖，快撒手。"我这才注意到这两个女人是带着点儿妖气。

酒吧里坐着三五桌客人，有个洋人，五十多岁年纪，搂着个黑瘦的泰国女子在调情，刘大鹏要了两瓶啤酒，顺手拍了一下那人妖的屁股。我和他根本就不算认识，但他是"自来熟"，上来就问："你怎么一个人来泰国啊？"

"一个人自在啊。"我说话也往低俗里走。

"哈哈，你可千万别找个人妖啊。听说这泰国的人妖，都是一边赚钱一边做手术，胸做好了，没钱做下面，就出来工作，挣了钱再做手术，一辈子要做好几十次手术，一辈子挣的钱都扔在这上面了。不过，他们有一独门特技，就是夹鸡鸡，能把鸡鸡藏起来，有的人跟他们干了一晚上，还不知道睡的这个人身上长着鸡鸡呢。"

"真的假的啊？"

"当然是真的，书上说的，我看过书。"

我想说"我以为你睡过呢"，话到嘴边又咽了回去，我问："你来泰国几次了？"

刘大鹏想了想："有七八次了吧，我都忘了，老来。"

"七八次？这地方有什么好的啊？要来这么多次？"

"泰国人对咱客气啊，我也去过好多地方，就泰国人对咱客气。我上次来可好玩了，曼谷那边闹事，红衫军都聚集在国会大厦那边，我说没事儿就去看看他们怎么抗议，到那儿一看，这帮人烧烤呢，吃烤鱼，唱卡拉OK，然后我就来普吉，心想这帮孙子最好闹得再厉害点儿，把普吉岛的机场给占领了才好呢，这样就可以滞留在普吉。结果我看泰国报纸，说他们抓了一小偷，小偷说他只偷本国小姑娘的钱包，从不偷外国游客，因为会破坏旅游业。报纸还采访了人民阵线的人，他们说，我们再也不会占领机场了，这样会破坏旅游业。你看泰国人对咱们多好啊，自己闹得乱七八糟，都不给咱们捣乱。后来有一次，我去曼谷，那次闹得比较凶，我坐出租车去曼谷动物园，赶上游行的了，下车一看，防暴警察站着一溜儿，手拿盾牌把马路给封锁了。我想找个地方溜进去，天热，走得头昏脑涨，路边有成堆的矿泉水，都是给示威者准备的，我就问那帮穿红衣服的，是不是凡是支持民主和自由的人，都能领一瓶矿泉水喝呢？看摊儿的人不给我，说，你跟着我们喊两句口号才行。他用泰语咣当咣当地喊了一句，我也听不明白，就跟着他瞎喊，你说他们到底抗议什么呢？”

“我不知道。你没事儿逛逛街买点儿东西，别老看热闹啊，这帮孙子急了也动枪动刀。”

“我喜欢看热闹啊。有一次我去英国，在曼彻斯特，走在大街上，忽然看见警察封路，街道上的人越聚越多，远处是敲锣打鼓，有两个小伙子挤到我面前，等锣鼓声靠近，就看见游行的人都扛着彩虹旗，那两个小伙子就脱下裤子，里面是彩虹内裤。我一直用摄像机跟拍那两个小伙子，一看这架势，不行，我也得加入到革命队伍中啊。曼彻斯特的游行人不是特别多，要说热闹，还是柏林的爱的游行最热闹。”刘大鹏说话的工夫已经喝掉了一瓶啤酒，又要了一杯威士忌。

我琢磨他这番话，明白老魏当年的八卦绝不是空穴来风，继续和他扯淡：“我有一朋友也爱热闹，哪里热闹去哪儿，他去年去了巴西，花了三万多，专门去参加里约热内卢的狂欢节。我看他的照片，第一天还衣冠楚楚地站在花车游行的队伍前，第二天，到了里约的海滩，已经脱了个光膀子，第三天，他终于和桑巴舞学校的舞娘一起狂欢了，这一回，还是赤裸着上身，但多了一样东西，是个带着流苏镶着银片的胸罩。完全进入状态了。”

刘大鹏目光有些迷离了，思绪大概已经飘到巴西。拳击台上有两个少年开始打拳，用肘和膝盖攻击对方，但还是表演性质的，看客们不满地叫喊着。刘大鹏又喝完了一杯，还打算要酒，酒吧里光线很暗，但我看得出来他已满脸通红，这家伙不胜酒力。我劝他：“慢点儿喝，你还得开摩托车呢，我可不会开啊。”

拳击台上的表演渐渐有了点儿血腥味儿，刘大鹏盯着看，忽然转过头来说：“太残忍了，这两孩子也就是十五岁啊。”

我无动于衷，喝了口啤酒，看着拳赛。三个回合战罢，一个高挑的美女走上拳击台，举着个牌子转了好几圈，她穿着比基尼，胸部很高，裆部也有点儿鼓鼓囊囊的，我已经分辨不出是雄是雌，转过头看刘大鹏，他正拿着一个牙签往自己的腮帮子上戳，我说：“你干吗呢？”

他放下牙签："还是挺疼的啊，扎不下去啊。"原来这家伙在试验钢针穿脸："我看过旅游指南，知道这个'素食节'的由来。"

"那你给我讲讲。"我说。

"说是两百年前，华人到普吉岛采矿，染上了疟疾，他们忘记了中草药的治疗方法，就派人回中国学习中医，派回去的人迟迟不能归来，留在当地的人就用各种仪式祭拜天地，这些仪式留传下来就成了'素食节'，可旅游书中并没有讲到用钢针刺穿腮帮子的原理啊。我估计得揉，我看他们表演，在腮帮子上揉半天呢，好像是揉出一条缝儿来。"刘大鹏又拿起牙签。

我把桌上的一副刀叉递了过去："你拿这个试试。"

刘大鹏接过刀叉放在一边："我觉得，这种自虐的表演应该禁止，这毕竟是和咱华人有关的节日，这样的画面一渲染，对我们国家的形象不利。用钢针刺穿嘴部，就是不许说话的意思，我看这就是一种忍术，只有我们中国人才这么能忍。踩火炭、上刀梯，这也他妈的有点儿变态。"

拳击台上，一个小伙子痛苦地倒地，酒吧里一阵喝彩，刘大鹏转过头去："我操，打倒了一个，怎么打倒的啊，我没看见啊。"

刘大鹏有点儿越喝越高的意思，我劝不住他，半小时后，他的手机响了，刘大鹏惊醒，接过电话说马上就回去，看得出来，电话那端是苏眉。他放下电话，对我说，下午三点，预订了要出海浮潜，订了四个人的票，可苏眉的妈妈不想去。我把他拉出酒吧，他有点儿趔趄："跟我们一块儿去潜水吧，好玩，肯定好玩。"

苏眉在酒店的码头上等着我们，她和杰瑞都已经穿上了救生背心，快艇上能坐十来个人，我们刚坐上去，船就开动了。阳光洒向大海，宁静的海面上只有这艘船的发动机声音，海风迎面吹来，船上的人静默无语，远处有人在玩香蕉船，跌落海水之中传来一阵阵惊呼，有人被降落伞拖曳在天空中。我们航行了有半个小时，来到一个无名的小岛。小岛外搭建着一个巨大的平台，能停靠快艇，能吃饭，小岛上有白色的沙滩，但沙滩上满满当当的全是人，我们好不容易找到一块能落脚的地方，苏眉把一块浴巾铺在沙滩上，她穿着一件连衣裙，里面就是泳衣，她给刘大鹏带着泳衣，刘大鹏去更衣室换了泳衣，兴致勃勃地回来："那边有租独木舟的，咱们去玩独木舟。"

苏眉说："你玩你的去，我和杰瑞要在这儿潜水。"

我躺在沙滩上："我就在这儿睡了。"

刘大鹏把老婆孩子扔给我，自己去玩了，苏眉把随身的大背包打开，里面有大小各一副潜水眼镜，还有一副脚蹼，我说："你这个够专业的啊。"

"这算什么，我正经有潜水资格呢，这儿也就陪儿子玩浮潜，要是我自己，就到深海去。"

杰瑞对潜水好像没什么兴趣，他穿着个小裤衩，拿一把小铲子堆沙子玩，我端详着杰瑞："这小子像你还是像他爸啊？"

苏眉没接话茬儿，问我："你还没孩子呢？"

"没呢。"我点了根烟。

"早知道你没孩子，我还不如找你借点儿精子用呢。"

我的烟掉在沙子上，我捡起来，过滤嘴上沾满了沙子："你说啥？"

"瞧把你吓的，这孩子是我从精子库里找来的，我在美国办的，我看过他爸爸的资料，是加州理工的博士，华人。"苏眉这几年一直供职于一家大型医疗设备公司，向中国的医院卖了若干种价格昂贵的仪器，只要这些仪器开动，病人就要付出数千块的检查费，公司业绩节节上升，苏眉也平步青云，年薪估计以百万计。

"你是说，这孩子不是刘大鹏的。"那小子在海边捡贝壳，装点他的沙土堆。

"当然不是，刘大鹏的基因有问题，我得找一个优秀的。"苏眉说。

我吸了口烟，觉得这对夫妻在竞相比二，刘大鹏在酒吧里就够二的，没想到素来职业女强人风范的苏眉也够二的，我问："这孩子该上学了吧？你打算让他上什么学校啊？"

"我明年就去新加坡，负责亚太区，我打算把孩子也带过去，让他在新加坡上学，等再过些年，我们就办到加拿大去。"

"刘大鹏也跟你们去新加坡？"

"他不去，他留在北京，他上新加坡干吗去，我们娘儿俩走了他才高兴呢，他就自由了。"苏眉招呼杰瑞不要往海里跑，转过头来说："你说男人有什么用？我什么事都能自己干，男人都太没用了。"

"是没什么用，可你们还非得嫁一个。"

"说得也是，我给你讲个八卦吧，我的助理，可漂亮一个小姑娘了，

80后，她男朋友也特别棒，是搞IT的，两人谈了好几年，也不结婚也不分，每回做爱，那男的都戴着两层避孕套，生怕怀孕让他负责，我那助理就难受啊，和我哭诉，我就给她出主意，把避孕套偷走，用完的套子偷走，放冰箱里，然后冷链运输，送医院里，两天之内精子的活力没任何问题，然后她就去医院受孕，然后就怀上了，然后结婚。”

“你这招儿够损的啊。”

“损吗？我觉得还行，他们结婚了，可惜她一结婚就辞职了，那么聪明能干，我再找一个好用的助理可费劲了。”

“我觉得这小姑娘够自私的，拿这招嫁出去，然后就不干活了。”

“你不觉得那男的更自私吗？事儿多，不愿意担责任。”

“自私，但你们可以不要他啊。干吗还巴巴地给他生孩子？”

“就因为他自私才得嫁给他呢，你瞧瞧我们的生活环境，跟大动物园似的，都得拼命抢饭碗，抢好饭碗，抢大饭碗金饭碗，不自私就抢不到饭吃。我看你也挺自私的，不过你的基因也有问题，你抽烟太多了，精子肯定不健康。”

“我听你这像是配猪呢。”

“你有什么八卦，说来听听。”

“我没什么八卦，我就听说过你们两个的八卦。”

“I don’t care.”苏眉说。

看来老魏当年传播的八卦，苏眉多少也有耳闻，也没有否认。我们躺在沙滩上，杰瑞拿着铲子往苏眉身上堆沙子，这样躺了有十来分钟，我看见刘大鹏一瘸一拐地走了回来，身上满是细小的伤口，往外渗血。

“怎么了？你怎么了？”苏眉有点儿惊慌。

刘大鹏故作镇定：“没事儿，独木舟翻了，给我扔珊瑚礁上了。”他的腿胸前后背都是伤口，伤得最重的是脚丫子，脚底板儿一片红。苏眉的大背包里预备着一个药盒子，有医用棉球、酒精、红药水、创可贴，还有一排药片，药盒子的体积不大，里面摆放得井井有条，苏眉用棉球蘸上酒精先给刘大鹏清理伤口，杰瑞盯着他爸爸看：“爸爸你怎么了？”

刘大鹏龇牙咧嘴：“爸爸受伤了。”

“忍着点儿，没出息。”苏眉清理完他的脚丫子，给他涂红药水，伤口细小，抹上药水之后就不怎么疼了，刘大鹏依旧有些夸张地做出痛苦状：“儿子，你有出息，你爸爸没出息。”苏眉耐心地用棉球清理刘大鹏的身体，细致地把每一处伤口都涂上药，这样一来，刘大鹏浑身布满了红色的斑点，看起来比不抹药的时候伤得还重，苏眉打量他：“看看你爸，像不像斑点狗？”刘大鹏和杰瑞哈哈大笑。我逮着这个机会仔细观赏了刘大鹏的躯体，胸肌不错，二头肌三头肌也不错，背部也有一条条肌肉，不常年健身的人根本练不出来，当然，腹部平坦，起码有六块腹肌。他说：“我去换衣服去了，穿上点儿吧，这一身红点儿，看着跟艾滋病似的。”苏眉笑嗔：“别贫了。”

看苏眉给刘大鹏上药，那实在是一对恩爱夫妻，再加上杰瑞，那就是吉祥三宝幸福的一家啊，我觉得我有点儿多余：“孩子他姥姥干吗不来潜水啊？”

“她说她晕船。”

“那你爸爸呢？你爸爸怎么没和你们一起出来玩，他身体还好吧？”

苏眉将用过的棉球收拾到一个小塑料袋子里，把药盒子规整了一番：“我爸爸是穷人思维，一听说每个人要花八千块，死活也不肯来，他住在老家，平常身体健壮得和牛似的，一听我妈要和我们出来玩，非说自己血压高，让我妈回去照顾他，他什么血压高啊，岁数大点儿的人都血压高，他少喝两口酒，血压就不高了。他就是不舍得花钱，到我这儿住两天，天天去早市买最便宜的菜，老让我看他买的芹菜才一块二，让我忆苦思甜。”

“你父母喜欢刘大鹏吗？”我这问话暗含杀机，问得我自己都不好意思。

“啥喜欢不喜欢的，刘大鹏身体健壮，有正当职业，不抽烟，喝点儿酒酒量也不大，喜欢小孩子，孝敬父母，这就是最好的女婿。”她把药盒子放到背包里，套上脚蹼，戴上潜水镜，招呼杰瑞过来，把潜水镜给他戴上：“走，看小鱼去了啊。”

往海里走上两步就能看见银白色的小鱼，我穿着运动短裤往海里走，脚底下有点儿扎，是细碎的石头和珊瑚，低下头，待水流缓下来，就看见成群的小鱼游过来，苏眉和杰瑞在前面走出很远，潜入水中，苏眉的屁股翘得高高的，杰瑞看上去水性极佳。回过头往岸上看，刘大鹏穿着一套花花绿绿的沙滩服，坐在那儿拿着一罐可口可乐发呆呢。我眯着眼睛把整个身体沉入水中，岸上的人声忽然消失了，我想在水下睁开眼，这么憋了有半分钟，再在海面上站起来，刘大鹏趿拉着拖鞋走过来："嘿，我这儿有游泳镜。"

我戴上游泳镜，走到齐腰深的海水中，吸足了一口气蹲了下去，一群色彩斑斓的小鱼游了过来，我相信要是能到深海潜水，肯定能看到更美丽的东西，可惜我连浮潜都没尝试过，我一次次起身一次次蹲下去，在海里游了一圈，慢慢又被海浪推到岸边，沙滩上大海里，所有人都以最幸福的姿态躺着站着游着嬉笑着。苏眉带着杰瑞往岸上游，他们走上来，杰瑞脑袋很大，将来一定聪明得不行，他把潜水镜摘下来："妈妈，生活在这里的小鱼，一定都非常幸福。"

苏眉也摘下潜水镜，她拍了拍杰瑞的头，像是要赶走他的顾虑："你也很幸福啊。"

假日的每一天都显得悠长，我们在海边消磨了一下午，乘船回酒店的时候，太阳开始落山。船上的乘客在颠簸之中还顽强地拍摄夕阳，这样的美好瞬间要是不固定在照片上就好像不曾存在一样。这是我假日的最后一个晚上，想着第二天一早就要回家，不免有些怅然。我在酒店的餐厅独自吃了一顿泰国菜，在大堂吧要了一杯鸡尾酒，外面的天已经黑透了，能听见海潮的声音，服务员走过来告诉我：晚上九点，游泳池旁会有魔术表演。我想起来早上看到的克里斯，起身奔游泳池去。

幸福大酒店的游泳池一共有十来个，面对大海有四五个连在一起的池子，还有一个儿童池相对独立，水最深的地方大概也不到一米。工人们在一天的时间内搭建起了临时看台，三面围绕着儿童泳池，靠近酒店面朝大海的那一侧是一个舞台，灯光把整片场地照射得如同白昼，音响师在调音，看台上稀稀拉拉坐着几十个人。离演出开始还有一段时间，我看见刘大鹏还是穿着那套沙滩装，坐在阶梯看台的第三排，他向我挥手，招呼我过去："吃完了？"我坐到他身边："苏眉他们还吃呢？"刘大鹏手里拿着几张印刷品，递给我一份："他们还吃呢，我先来占座儿，你看看，这是克里斯的介绍。"

那是张 A4 纸大小的宣传页，正反面印刷，有克里斯在美国表演的照片，刘大鹏用嘲讽的语气说："我看这小子在美国混不下去，跑泰国骗钱来了。泰国好看的演出多了去了，你看过没有啊，真正的发克秀？我就是陪老婆孩子，要不然早看别的去了。"

"我看过发克秀，可还真没看过魔术，电视上老看，现场看魔术倒是第一回。"我晃悠着手里那张纸，"这小子应该挺有本事吧。"

"魔术，都是骗人。"刘大鹏依旧不屑。

晚风清凉，现场播放起节奏强劲的舞曲，观众席上的人越来越多，刘大鹏跟着舞曲的节奏抖动双腿，向过往的人解释："这儿有人，这儿有人。"他站起身来张望，又坐下来看手表："八点五十了啊，他们怎么还没吃完，屁股真沉。"观众席上有一个女人在向同伴炫耀手中的珠宝，说她下午在酒店大堂里碰到克里斯，克里斯给她变出了珠宝，同伴仔细鉴赏那一串宝石项链："你没去找个地方鉴定一下，这要真是红宝石，可值不少钱呢。"

苏眉带着老妈和孩子终于出现，他们并排坐在我身后，刚一坐定，音乐就停了下来，灯光也全部熄灭，观众席上一片窃窃私语也静了下来，大家在黑暗中等着魔术师出场。一束蓝色的灯光打到游泳池上，水波荡漾，明暗之间水面上似乎铺出了一条路，克里斯出现在观众席下方，他和他的舞台之间隔着泳池，一束白色的灯光打在他身上，他穿着黑色的燕尾服，向观众挥手致意，舒缓的音乐响了起来，克里斯走向泳池。观众一片惊叹，他行走在水面上，脚下的黑靴子，只是鞋底儿部分浸在水里，他一步步走得非常谨慎，但从未失去平衡。掌声雷动，杰瑞兴奋地站起来大叫："轻功，轻功。"

苏眉的妈妈漠然地看着眼前的一切，拉杰瑞坐下，苏眉喃喃自语："真神啊。"刘大鹏不以为然："游泳池里肯定有机关，只要摆上透明的桌子，我也能在上面走。"

"什么透明的桌子啊？"杰瑞问。

"你见过玻璃茶几没有啊，玻璃做出来的东西就是透明的，如果工艺再好一点儿，透明度就更高，用水晶就更好了，全透明，放在水里看不见。"刘大鹏说。

"别逗了，变个魔术，还用水晶做道具，成本多高啊。"苏眉说。

"人造水晶的成本不算高啊。"

克里斯已经走到了泳池中央，此时灯光变幻了一下，整个水面呈现出粉红色，刘大鹏迅速捕捉到了这个变化："灯光会给我们造成错觉，我们就看不见水下的机关了。儿子，记住了，眼睛看到的东西可能是骗人的，黄和蓝就是互补色，你看这天空是蓝色的时候，月亮就特别的黄，你看月亮在哪儿呢？”

苏眉有些不耐烦：“你不让他看演出，看什么月亮啊。”

刘大鹏不说话了，杰瑞对眼前这魔术的兴趣也比什么互补色更高，克里斯在一片掌声中走到了舞台上，音乐又变得强烈起来，三个身穿泳装的姑娘扭动身体上了台，每人手中抱着一个大盒子，分别是红黄蓝，她们把三个盒子摞在一起，我知道，马上就会有一个姑娘钻到盒子里。“大变活人啊。”刘大鹏在背后嘀咕了一句。

类似的魔术我在电视上看过，但克里斯的表演更让人叹服，姑娘钻到盒子里去，然后盒子分离，姑娘的头和脚从不同颜色的盒子里伸出来，杰瑞惊讶地“啊啊”大叫，刘大鹏忍不住又开始解说：“儿子，你看啊。”说实话，我也想知道这些魔术的奥妙，一听到他叫“儿子”就不由自主地支起了耳朵，刘大鹏声音较低，是附在杰瑞耳边说话：“这些女孩儿，身体的柔韧性非常好，她能缩在一个盒子里，你看着她好像被切成了三段，其实她就在一个盒子里待着呢，一会儿露出脸，一会儿露出脚，你注意到没有，她的肚子从来没露出来。”

苏眉显然也在听，她不服气地提出异议：“刚才，同时露出头和脚了。”

“什么时候啊？”刘大鹏声音提高了。

“就刚才，红色的箱子里露出头，黄色的箱子里露出脚，那两只箱子离得有八丈远呢。”

“我没看见。”

“没看见你老瞎说。”苏眉哼了一声。

“没看见我也知道怎么回事，他们这箱子里机关太多了，你看到的那个头可能就是个脑袋的模型，单独放在盒子里，你看到的都是错觉。”

“爸爸，什么叫机关啊？”杰瑞插话。

“什么叫机关啊？你妈妈最懂什么叫机关了，问你妈妈。”刘大鹏这话听着就带有机关，我假装看得入神，拼命鼓掌。

观众席围绕泳池而建，大家侧着身看舞台上的演出，多少有些别扭。好在克里斯在舞台上只表演了两个节目，就走到观众席前近距离表演，他先在对面的看台下表演了帽子戏法，不断从帽子里变出来鸽子、兔子，他还把帽子交到一位观众手中，灯光打过去，那帽子里忽然飘出来十多只蝴蝶，刘大鹏只点评了两个字：“手法。”转到我们座位下面时，克里斯面前多了一张桌子，桌子上摆着四个玻璃瓶子，由小到大，他打开一盒牛奶，将最小的杯子斟满，举着杯子让观众品尝，然后再斟满。他将小杯中牛奶依次倒入大一号的杯子中，奇妙的是，每一次，大一号的杯子都斟满了白色的牛奶，苏眉笑着对她妈妈说：“嘿，这一杯牛奶够全家人喝的了。”苏眉妈妈没出声儿，她一晚上好像就没发出过什么声响，好像洞悉眼前这场魔术的全部把戏，刘大鹏嘿嘿冷笑：“这一来，全国人民都有牛奶喝了。我告诉你吧，这杯子里也是机关，大杯子中间有机关，倒进去的奶都在杯子四周呢。”他用手比画着，碰到了我的后背，我转过身，看他徒然地想用两只手比画出两个圆柱体。

苏眉沉下脸：“你说你怎么那么无聊呢，你让孩子好好看演出，什么你都明白什么你都知道，那这魔术还有什么意思呢，你要让他觉得神奇。”

刘大鹏也不乐意了：“有什么神奇的，这魔术都是可以解释的。”

“别吵。”苏眉的妈妈终于说了一句话。

两人都安静下来，接着看克里斯在离我们四五米的距离内表演，待他转到另一侧看台时，刘大鹏起身离开：“我去上厕所。”

音乐、灯光、精彩的演出让现场气氛极为热烈，终于，最后一幕上演了，舞台轰然解体，一个瘦小的泰国人牵着一头大象出现，杰瑞站起来：“要变大象了，要变大象了！爸爸怎么还不回来？”

“别管他，咱们看。”苏眉说。

大象在庄严肃穆的进行曲中绕场一周，又回到舞台一侧，瘦小的泰国人发出指令，大象走进了游泳池，从那一侧下到水里是个缓坡，大象沉稳地走下去，我有些焦急地盼着刘大鹏赶紧回来，让他看看水底下并没有水晶的透明支架，否则大象下去会碰到的。大象走到泳池中央了，大半个身子都沉在水下，它的鼻子一甩一甩的，大家被这头大象的憨态弄得不亦乐乎。音乐骤变，十几个侍者手持白色帷幕飞奔上场，他们一边跑一边展开帷幕，最终用帷幕将整个泳池包围起来，白色的帷幕上映照着黄色、红色、蓝色的灯光，克里斯绕场一周，掀动大家的情绪，掌声和音乐的节奏配合上了，侍者掣着帷幕又开始绕圈奔跑，他们的步点乱了，手中的帷幕也散开了，帷幕倒下之时，游泳池里只是一池碧水，没有涟漪，那头大象已经消失了。

苏眉、杰瑞和我都站起来使劲鼓掌，“克里斯，You are great!”，欢呼声也响了起来，忽然，杰瑞指着泳池惊呼：“爸爸！”

不知何时，刘大鹏跃入到泳池之中，他在泳池的一角茫然地站着，为他没能发现的机关和已经消失的大象，摆出了百思不得其解的样子。

星期天早上的远足

多年前，我在北京第 27 中学的教室里学了两个月的法语，现在还能用流利的法语自我介绍，我叫什么，我是干什么的。还会说，这是什么，那是什么，还有你好，再见，谢谢，干杯，好胃口。每周一、三、五，我下班之后坐公共汽车到东华门，在马兰拉面馆吃一碗面条，然后去上课。第一节课，老师就说，你们的目标就是把这半年的课程给坚持下来，到最后一课的时候还能坐在教室里，你就相当了不起了。这位老师大概对半途而废的学生见得太多了，所以再碰见我这一个也不算什么。他在第一节课还问："你们为什么要学法语呢？"班里有一个时髦的女孩子，她说想去法国学美术史。我的回答是，法国有个著名作家叫普鲁斯特，写了一本小说，不对，是写了七大本小说，叫《追忆似水年华》，我想读原作，所以来学法语。全班人哄堂大笑，老师先是张大了嘴巴，然后说"太必羊太必羊"，就是"好啊好"的意思，他说："这可非常非常难。"他手指另一间教室："那里是高级班，即便是那个班的学生也没几个能看长篇小说呢。"

高级班的老师是一位法国女人，课间休息的时候，她披着个大披肩，走到我面前，她手里拿着一根烟，问我借火，我给她点上烟。她跟我说谢谢，我就跟她说“不谢”，就是把法语里的 Non 和 Merci 连在一起，她马上教我法语中的“不客气”应该怎么说。从她嘴里说出来的每一个词都非常好听。偶尔，我会到高级班门口站一站，听她念出一长篇文章，柔软，缓慢，像萨蒂的钢琴曲一样有催眠的效果。这时候，我们初级班还在学一个个音素，张大嘴巴，像一个笨拙的手指一下又一下地敲打琴键，而这个身高一米七、栗色头发的法国娘儿们像一个钢琴天才，十个手指飞舞，琴键似乎能随着她的意念发出声响。我端详那个法国女人，看着她的嘴唇，想象她的舌尖抵住下齿，舌后部抬起，与软腭、小舌靠近，气流通过那道空隙时发生摩擦，使小舌颤动，r，r，r，她的喉咙、牙齿、舌头那么一动，就 r，r，r，我一直在琢磨软腭是哪一块，小舌是哪一块。等到我们班里的美术史小姐也能 r，r，r，我就有点儿气馁了。终我一生之努力，也不能像这法国女人那样说出那么完美的 r。好高骛远，我从小就被人这么批评，可随着年龄的增长，我非但没改掉这个毛病，反而有变本加厉的迹象。我学法语的目的就是为了能读普鲁斯特的小说，我真是这么想的。当我意识到自己不可能在几年之内就学会法语读懂普鲁斯特，我就说，先把这事放一放吧。我不是给自己一个过高的目标而后立刻放弃，我是说，那些激发我做一件事的最初的冲动都伟大得要死。

法语课念到 10 月底，天气就凉了，秋风夹杂着落叶，在教室外嗖嗖的响着。来上课的少了好几个，这天老师也感冒了，带着我们念几句课文，就掏出纸巾擦鼻涕，他不断向我们道歉：“对不起啊，对不起。”课间休息之后，他让我们练习对话，我旁边坐着的就是季阳，洋名字叫伊莎贝拉，我问她的第一句话是“你叫什么名字”，她回答说“我叫伊莎贝拉”，我再问“你多大了”，她回答“二十六岁”，我再问“你是做什么工作的”，她回答“我是个秘书”。问完这三句我就没词儿了，她反过来问我，也是这三句，你叫什么名字？你多大了？你是干什么的？这样我们就算认识了。

我们上课的教室只能容纳二十人，大家进进出出彼此都脸熟。季阳总穿牛仔裤和衬衫，身高一米六五，消瘦，平胸，脸上有棱有角，好像用几根线条就能勾勒出来她的面貌。她总背着一个和她瘦削身体形成巨大反差的大包，足能装下一个孩子。她从包里掏出课本、笔记本、文具盒、小录音机、饼干、保温杯、化妆盒，上课前她总吃“乐之”饼干，用保温杯喝热水，吃完了再掏出纸巾把桌子上的饼干屑收拾好，再涂上口红。我猜她下了班就赶来上课，常常没时间吃晚饭。她吃饼干的时候也戴着耳机，就是那种老款“随身听”，耳机上有两块灰色的海绵，略有破损。有一次她收拾好饼干渣子要把纸巾扔到前面的垃圾桶里，她从座位上起身向前，一下子把桌上的“随身听”扯到地上，我们都木然地看着她。我知道她戴耳机是要“当众孤独”，未必是在听法语或者歌曲，她就是不想被人打扰。

我和她练习对话，才算是第一次说话。没想到她问出了第四句，“你喜欢看电影吗？”我犹豫了一下，回答：“是。”她问出了第五句：

“你喜欢足球吗？”我回答“是”，她又问第六句“你喜欢看书吗？”，我回答“是”。老师擦了擦鼻涕，打断我们，告诉我，不要只回答一个字，要用陈述句重复一下“是，我喜欢看电影”。于是，我们重来。她问我：“你喜欢看电影吗？”我回答：“是，我喜欢看电影。”这样的问答冒着一股傻气，我一边回答，一边盯着她看，发现她的面部线条也不是那么硬，她的脸上有笑意，像一朵棉花，我有一种被愚弄的感觉，想给她脸上来一拳，或者抱住她亲一口。后来我才明白，我想和她好好说话，想和她聊聊足球或电影，可当时她在发问，我只能将问句变成陈述句重复一遍，我们的交流被局限在一种无法摆脱的痴呆状态中。

那天下了课，我去王府井坐108路电车回家，东华门夜市一片萧条，卖茶汤的、卖炒面的摊位上都没什么热乎气儿，只有烤羊肉串的在大声吆喝，可秋风瑟瑟中也没几个顾客，到了车站，我发现季阳也站在那里，她穿着一件厚厚的毛衣外套，还戴着耳机。她冲我笑，我就冲她点头，我抽了根烟，电车迟迟不来，她大概冷得够呛，在马路牙子上蹦蹦跳跳活动着身体，我扔了烟头，问她：“你听什么呢？”

“你说什么？”她蹦着过来。

“我说你听什么呢？”

她把耳机摘下来，给我戴上，一个低沉的男声在歌唱，有些东西，可以没头没尾毫无来由地闯进你的世界，你只要一接触，就惊叹于她的美丽，只要几秒钟，你就知道这东西是美的，让你愣在那儿，什么也说不出来。我从她那个破旧的爱华随身听里听到的就是这么个东西，我不知道那男人在唱什么，但转眼之间，我就跟着他飞起来了，只看到夜空中的无数星星奔涌而来。

“好听吗？”她大声问。

“好听。”我声音嘹亮地回答。戴着耳机说话，总会不由自主地放大音量，我知道自己的声音太大了，可还是非常响亮地问：“这是谁唱的？”

“塞尔日·甘斯布。”她用法语腔调说着歌手的名字。

我点头，随着音乐的节拍不断点头。电车来了，一曲终了，我把耳机还给她，她从随身听里拿出磁带：“借给你听。”那是一盘TDK磁带，上面用钢笔写着歌手的名字，我接过来：“我去翻录一盘，下礼拜还给你。”

夜晚的电车空荡荡的，两节车厢中间的连接处，脚底下是转盘，我们就坐在那儿，季阳问我：“你喜欢普鲁斯特吗？”

我一下不好意思起来：“喜欢啊。”

“伊利耶–贡布雷。”

“什么？”

“我说，伊利耶–贡布雷，就是普鲁斯特的家乡，《追忆似水年华》的第一部写的那个贡布雷，其实就是他的家乡伊利耶，后来法国人要纪念普鲁斯特，就把这个村子改名叫伊利耶–贡布雷了。”

我对塞尔日·甘斯布和伊利耶–贡布雷都一无所知，挑衅地问：“你去过？”

季阳坐在那儿，两条腿夹叉着悬在空中：“会去的。那个小镇子里，有个糕点铺子，专门卖马德莱娜甜点心，所有去伊利耶-贡布雷的游客都会买一块尝尝，就是普鲁斯特写过的马德莱娜蛋糕。他还写过英国山楂树，那个村子里有好多英国山楂树，你知道山楂树什么样子吗？”

“不知道。”

“我也不知道。”季阳笑着说，“哈哈，其实我不喜欢普鲁斯特，我喜欢甘斯布，他是个迷死人的男人。”

我对她夸张的语气有点儿不以为然，我敢打赌，如果甘斯布这时候骑着自行车从旁边经过，她肯定会从电车上跳下去。

她悬在空中的双腿上下摆动着：“你知道碧姬·巴铎吧，那个法国大影星？”

尽管碧姬·巴铎的样子我完全模模糊糊，但我还是点头：“知道。”

“她是甘斯布的情人。还有简·伯金。”

“不知道。”

“英国的一个演员，也是他的情人。”

“你也打算做他的情人？”我那无知的小自尊心又发作了。

“哈，可惜他死了，1991年死的，也不等我去巴黎就死了。”

“你要去巴黎？”

“是啊，要不我学法语干什么？我也要看普鲁斯特吗？”她又笑了。

我是要坐到终点站的，本来想和她好好聊天，可她说的这些人名地名让我发窘，好像只知道一个普鲁斯特是非常可笑的。季阳倒没有嘲笑我的意思，她从她的大包里掏出一件白裙子，站起来展示给我看：“好看吗？”那是件闪着粗俗光亮的裙子，穿上去之后会像塑料布一样磨损皮肤，我正疑惑着，她又从包里掏出个面具戴在脸上，冲着我大叫一声，那是个吸血鬼面具，苍白的脸，嘴角有血迹，两颗门牙暴露在外。

“你这是要干吗去？”我问。

“我要去参加万圣节 Party 啊。”她把裙子收回包里，戴着面具回答我。

我知道万圣节就是鬼节，可那是 1999 年，北京城里的万圣节 Party 并不多。我们坐在电车里，一时不知道说什么好，她戴着面具，我看不到她的脸上是什么表情，这段时间大概只有一两分钟，可显得很长。车到宽街，她跳起来，摘下吸血鬼面具挥舞着：“我要换车去了，再见。”我挥动着那盘 TDK 磁带和她告别，心想着我一定要查出来甘斯布、简·伯金都他妈的谁是谁。

这盘磁带在我手里保存了好几年，但最终还是消失了。有些东西，你根本不曾扔掉，也不曾毁掉，你以为它在房间的某个角落里落满了灰，只要想找就能给它翻出来，实际上它已经彻底消失了。从物理上你根本没法解释这个事儿，但这是我们每个人都经历过的最普遍的灵异事件。那个周末，我翻出来一个老的双卡录音机，折腾了半天发现它的录音功能已经坏掉，我只能反复听甘斯布，希望那些旋律留在记忆里。星期天的早上，我在歌声中醒来，吃早饭的时候，甘斯布忽然跑调了。我琢磨是怎么回事，他为什么唱得这么怪异，等明白过来，跑到录音机边上，磁带已扭曲地缠绕在一起，我小心翼翼往外拉，最终，有大约两米长的磁带划伤了，随时会断裂。

我的记忆也是一盒布满了划痕的磁带，比如说，我此后一个月旷课越来越多，最终完全放弃了晚间的课，这是什么原因？如果说我当时对季阳挺有好感，我应该每次都去上课，盼望时常见到她才对。我想不起来了，那阵子肯定发生了别的什么事情。当然，我记得我告诉季阳那盘磁带被我弄坏了的时候，她的反应很平淡："坏了就坏了，我送给你了。"好像对她来说，那不是一个多重要的东西，好像我在说谎，找个借口想把那盘磁带留下，现在我已经没耐心去分析十来年前一男一女之间的对话有什么微妙之处。当然，我还记得，我说要送给她一张甘斯布的 CD，像我随口许诺过的好多事情一样，这话也没算数。

那年 12 月的一天，我接到季阳的电话，她用法语打招呼"你好"，我一下就听出来是她，回应了一句"Bonjour"，她接着说，12 月 31 日晚上，她要参加一个大 Party 迎接新年，我听懂了，问她在哪儿，她说出了一个酒吧的名字，我还追问到底是什么地方，她冒出北京话："就三里屯儿啊。"那个"屯"字带着重重的儿化音，我一下笑出了声儿，她说："你笑什么笑啊？你最近怎么不来上课？你肯定天天晚上忙着约会不好好学习了？说说，约到什么漂亮姑娘了？"我支吾着，她说："你这家伙说话就是不老实，好了，到时候见。"

那一年是所谓的"千年之交"，大家都莫名地兴奋，有人期盼全世界的电脑都在 2000 年到来的时候崩溃，有人期盼末日来临我们能逃脱最后的审判。我的一位朋友飞到南非，说要在好望角迎接新世纪的第一道曙光，另一位朋友说，第一道曙光应该是在太平洋上出现。总之，这个时间的标记让大家都有点神叨叨的，好像我们能借此洗脱原来的坏运气，在公元 2000 年这一伟大时刻，拥有全新的能量和运气。

“时间是没有方向的，时间是混沌的。”我在三里屯一家名叫“香颂”的酒吧见到季阳时，她右手拿着一杯葡萄酒，左手拿着一根烟，穿着一件大 V 字领的黑裙子，真空，最低处好像能看到肚脐眼。“你知道路德维希·波尔兹曼吗？”

“我不知道。”

一个高大的外国尖孙从我们身边走过，季阳一把拉住他：“你知道路德维希·波尔兹曼吗？”

“不知道，他来了吗？”外国尖孙敷衍了一句，闪身走开。

季阳一个趔趄，她拉着那洋人的时候，身体重心都靠了过去，她站稳：“他也不知道。”她把烟头扔掉，踩灭了，高跟鞋足有 6 厘米。“我们总觉得时间一去不复返了，时间是向前的，我们都变老了，实际上，时间没有箭头，时间是一片混沌。波尔兹曼是个物理学家，他研究的就是时间问题。”

我揽着她的腰，闻着她香喷喷的身体，穿过人群找了个沙发坐下来，她意识清晰，语言流畅：“波尔兹曼被这个问题弄疯了，他在慕尼黑的精神病院里住了好长一段时间，后来他出院，和家里人一起去亚得里亚海边度假。有一天，他老婆和孩子出门，只留下波尔兹曼一个人在家，等他们回来的时候，发现波尔兹曼自杀了，上吊了，这个科学家被他研究的问题给逼疯了，给逼死了。”

“这是什么时候的事？”

“1906年，离现在一百年了快。嘿，你这家伙就是糊涂，我不是跟你说了吗，不要总被过去、现在、未来这样的概念纠缠，这些都是幻觉。”她把杯子里的酒一饮而尽，“帮我去拿一杯香槟来。”

小酒吧里挤了有三四十人，吧台上有各种葡萄酒和烈酒，我拿着两杯气泡酒回来，看见季阳旁边坐着另一个姑娘。

“嗨，这是贝贝。”季阳给我介绍。

贝贝长着一双巨大的眼睛，是我见过的最大的眼睛，她看着我，就像两盏探照灯，她非常不客气地说：“你别灌她酒啊。”

我有些愣：“我刚开始喝啊。”

“我看她已经喝高了。”贝贝说。

季阳要把贝贝推开：“哎呀，你去玩你的吧，我没喝多，我们俩谈物理学呢。”

贝贝站起来，非常鄙夷地说：“你们谈狗屁物理啊。”她盯着我，两只大眼睛照得我无地自容，她冲着我撞过来：“你别让她喝多了啊。”我连忙闪身让开：“好好。”

季阳伸手拉着我坐下：“别理她，她不懂物理学。我们接着聊。你知道什么叫熵吗？你知道热力学第二定律吗？”

“不知道。”

“你怎么什么都不知道呢？你这个小傻瓜。”她拿起酒喝了一大口，好像懒得说了。

“慢点儿喝。我大概知道什么叫熵，什么叫热力学第二定律，可这跟时间有什么关系呢？”

“Good question. 我来给你解释，不过，我们还要从牛顿开始说起，牛顿的力学三大定律你知道吗？”

“我知道。”其实，我根本不记得高中时学的那点儿物理了，但我也不敢说我不知道了。

“牛顿的力学定律，都是此时此刻，这个固定的空间，这个绝对的时间，他不考虑时间流逝的问题，就是现在。”她握住我的手，我们四只手都握在一起，“就是现在，你明白吗？凝固不动了。”

我们握着手，凝视着，身体纹丝不动，我还是没想起来牛顿三大定律都是什么，但我看出来她喝多了，酒吧的音响里放着黑豹的歌：“你所拥有的是你的身体，诱人的美丽，我所拥有的是我的记忆，美妙的感觉。”那个凝固的时间，的确发生了奇妙的物理变化，我发现季阳的胸在膨胀，丰满，有弹性，像伽利略在比萨斜塔上拿着的两个铁球，历史记载，伽利略拿着一个一百磅的铁球，一个一磅的铁球，在比萨斜塔上做自由落体实验，那个凝固的瞬间，我看见伽利略左右手都拿着十磅的肉球，我恍恍惚惚地想提醒他，这样的实验是不会成功的，两个肉球匀称，要从季阳的黑裙子里喷薄而出。

“你明白了吗？”季阳问我。在刚才那个凝固的瞬间，她从牛顿讲到了热力学，讲到了爱因斯坦，还讲到了什么量子时间。

“我明白了。”

酒吧的墙上有一个时钟，差十分钟就到十二点了，时针和分针像一把渐渐合拢的剪刀，要把这十分钟剪掉，我按照季阳的指令又去拿了两杯红酒，回到座位上再看时钟，时间已经过去了五分钟，我们端着酒杯，看着幻觉中的时间，看着一个千年过去，看着一个千年到来，我们站在人群中，在那把剪刀合拢的时候，碰杯，抱在一起狂亲了一阵。酒吧这时候放起了老歌 *We Are the World*，季阳的嘴巴挪开，扭着屁股跟着众人高唱。

她有点儿癫狂，大眼睛贝贝跑了过来，和她拥抱在一起。我以为她们喝多了，没想到这只是开始。季阳拿着一瓶红酒一个酒杯，开始和酒吧里的人碰杯，她很快就喝掉了一瓶红酒，我看傻了，问贝贝：“她能喝多少？”

“不知道。”贝贝盯着穿梭在人群里的季阳，“我拦不住她，让她喝吧。”

我们一直喝到后半夜，喝到三点多钟，我、贝贝、季阳围着一个桌角，喝掉三四瓶葡萄酒，季阳越喝越安静，她给我讲葡萄酒，用法语念出一串葡萄品种的名字，从她嘴里，我第一次知道了赤霞珠、苏维浓、梅洛，她拿着酒瓶子指着酒标，给我们念出一串陌生的地名，贝贝发问：“这个是在波尔多吗？这个是在勃艮第吗？”她有些意兴阑珊：“我又不认识这些地方，也没去过。”

季阳兴致勃勃：“嘿，我会念咒语。只要我念到这个地方，我就能看见那里的土壤和阳光，大片大片的葡萄园，我只要一念咒，就能穿越时空，跑到葡萄园里摘葡萄去，旭日东升，晨露弥漫。这是一种魔力，我有这个本事。你信不信？”

“我信我信。”贝贝说。

“我信。”我说。

季阳念出一个地名，闭上眼睛。有人来这桌告别，看着季阳闭目冥想，遂悄然离去。季阳入定一般坐了有十分钟，睁开眼睛说：“我饿了。”

贝贝冷冷地说：“是啊，你丫都去法国干了一趟儿农活儿了，能不饿吗？”

“我饿了。”季阳说。

贝贝招呼酒吧里的人：“吃夜宵去！”

总共有十多个人分乘几辆出租车杀到东直门附近一个小饭馆吃夜宵，大家盲目地点了一大桌子菜，又要了一箱啤酒，季阳缓过神儿来，又开始闹酒，一箱啤酒喝完，一桌子菜也没动几筷子，油脂凝固在餐具上，忽然有些冷场。季阳穿着一件长大衣，外面还披着件羽绒服，她看看手表：“五点了，天快亮了，咱们去爬香山吧。”

一桌子无人响应，季阳问贝贝：“爬香山去，看日出去？”

“别闹了，回家睡觉了。”

季阳问我：“爬香山去？”

我把啤酒杯扔到桌上：“走。”

几个喝多了的小伙子把酒杯纷纷蹾到桌上：“走，爬山，谁爬不上去谁是孙子。”

季阳兴奋地叫老板结账，十多人又涌到街上打出租车，外面飘起一阵若有若无的雪花，我冻得直打哆嗦，可季阳看见雪花更加兴奋。“下雪了，下雪了。”她叫喊着。大家抬头看天，伸出手捕捉雪花。我拦下一辆车，让季阳和贝贝坐在后面，我坐到前头吹吹暖风。贝贝在后面嘀咕：“真爬山啊？你穿着高跟鞋怎么爬啊？”

“没问题，爬不上去就坐缆车呗。”

说起来难以置信，想起来都不可思议，我们在那个新千年的早上爬上了香山，只有我们三个人到了香山脚下，剩下的人在城里就纷纷溜号了，我、季阳、贝贝坐着出租车到香山公园门口，发现没有一辆车跟来，身为男人，我不好打退堂鼓，贝贝喊冷，季阳还是兴致不减：“冷什么冷，爬上去就暖和了。”

开始爬山的时候，天几乎还是全黑的，爬到半山，看见城里稀疏的灯火，天已渐渐发亮，有成群结队的中老年人一同爬山，他们不时向着山林大喊，彼此应和着，啊啊啊啊啊啊啊啊，我们三个也大喊，啊啊啊啊啊啊啊啊，季阳和贝贝那清脆的年轻女人的声音，在一片苍老的声音中显得格外纤细，我们爬到山顶，东边一片红，周围的老头儿老太太对着太阳活动身体，做广播体操，季阳穿着高跟鞋挺立在“鬼见愁”上，在她的羽绒服、大衣、黑裙子下面是她年轻的身体，这身体是那么强劲，在她周围，是同样强劲的一帮老年人，他们韧带极佳，有一个老太太能把腿抬到树杈上，还有一个老太太倒挂着悬在树杈上，不管时间是不是一种幻觉，终有一天，季阳和贝贝也将成为两个小老太太，终有一天，我们不可能在酒醉的清晨爬上山巅，我们将衰老，时间将把我所爱的一切带走，这念头在那个早上挥之不去，我想着我终将丧失的一切，身上的汗被风冻住，寒冷像刀子一般割过来。

那年开春的时候，我们又去爬了一趟香山，我、季阳、贝贝，还有几个男男女女，从八大处找了一条山路走到香山。有个姑娘，是中国政法大学毕业的，半道儿要撒尿，山上没厕所，她找了个僻静之处解决问题。我们三三两两坐在山石上，躺在草地上，晒着太阳，远处的北京城冒出来细碎的光芒。那姑娘从树林出来之后说，她上学的时候经常在昌平的军都山上“打野炮”，没想到现在撒泡尿都紧张，她感慨道，真想回到战斗过的地方去看看啊。于是大家商量着，下个周日去爬军都山。等到了下一个星期天早上，还真聚了有十个人，分乘两辆小车开到了昌平，我和季阳、贝贝挤在别人的后座上。我们爬到山顶上都气喘吁吁，季阳的脸红扑扑的，调戏那个政法大学姑娘，要她指认“打野炮”的现场，那姑娘盯着她说：“你要试试吗？”季阳好像一下害羞起来。我们俯瞰十三陵水库和山脚下的高尔夫球场，讨论要去一些更远的地方爬山，去黄花城，去箭扣长城，去金山岭。

天气转暖的时候，我买了一辆墨绿色的小富康，星期天早上接上季阳和贝贝。季阳管“富康”不叫“富康”，她称之为“雪铁龙”，你这雪铁龙多少钱啊？你这雪铁龙是多大排量的？你还真喜欢法国车啊？我们去黄花城爬山，光秃秃的山间偶尔能见到清澈的溪水，能看到黄灿灿的花和其他俗艳色彩的花。季阳和贝贝坐在后面聊天，她说她的法语课已经上到了第二期，如果一切顺利，她秋天就能到巴黎去上学。她不厌其烦地讲她那套留学手续要怎么办，其间会有怎样的麻烦，贝贝总安慰她说，没事儿，都会解决的。我轻轻拍打着方向盘，想着她真的要走了，想着这辆车也能带我到好多地方，跋山涉水。

每次爬山回到城里，大家就找个饭馆吃饭，运动完了饭量极大，所以经常吃韩国烤肉或新疆馆子，饭馆里永远都是烟熏火燎的，季阳总像个女主人似的招呼大家吃好喝好。她开朗，热情，永远兴高采烈。正是这一点让我和她保持着足够的距离，也许出于一种天生的悲观，也许出于一种直觉，我总认为她将面临很大的磨难，后面的生活将变得有些悲惨。或许每个人都将遭遇磨难，都有不可言说的一点儿悲惨，越是对未来充满热情充满期待的姑娘，越有可能不那么顺利，这个常识我明白，但我打量季阳的时候，"来日大难"这四个字偶尔会飘出来，我要等着看看到底会发生什么。

我添置了一双专业的登山鞋，还买了两件外套。我们坚持每个星期天早上的远足，当然，这项活动的参与者也越来越少，从十来个降到七八个，降到五六个，我们去了昌平、顺义的几个地方，但从没去过房山和门头沟。夏天来了，我们去平谷的一个果园里摘苹果，回来的路上，都有些意兴阑珊，我们在城里穿行，路过北新桥，季阳看着窗外，说："这个路口原来有个冷饮店，我可喜欢他们家的杏仁豆腐了。"再往前走，又说："这个门脸原来是个自行车商店，现在怎么变成杂货铺了。"她在后座上絮叨着，我在前面安静地听着，季阳说起她小时候看的漫画书《丁丁历险记》，说她要像丁丁那样走遍世界。说她有一阵迷恋《白鲸》《船长和大副》，考大学的时候还报考了海运学院，特别想在大海上漂泊几年。

我和季阳很少有单独在一起的时候，但我记得有一次，我们在肯德基。那也是从城外回来，我们饿了，跑去吃炸鸡块。边上有两个高中女生，桌上是一沓四开的白纸，她们低着头，脸恨不得贴在纸上，勾勒着线条，我凑过去问："你们干什么呢？"女孩子抽出垫在纸张下的地理课本回答："我们在画世界地图。不能看着画。老师规定，要默画。"我看她们在白纸上已经画好的部分，大致能猜出来那是北欧、苏联漫长的海岸线。"太难了，要是拼图游戏还差不多。"我说。

"给我一张纸，"季阳说，"再借给我一支笔。"

女孩子递过来纸和笔。

季阳收拾桌子，把一大杯冰红茶碰翻在地，洒了一地的冰块，服务员连忙上来打扫。季阳已陷入冥想状态，面对那张白纸，迟迟没有动笔，我说："先画非洲，非洲一大块好画。"两个女孩子兴致勃勃地看着季阳，等她下笔。她先画了中国，然后是蒙古，然后是南亚次大陆，然后是海湾国家，然后画俄罗斯，大模样能看出来，但细节和比例肯定不对，她把地理课本拿过来，对着世界地图端详了一阵儿，把课本扣上，画出了欧洲、非洲和美洲的大致轮廓，比她先画出来的部分要好一些。她再拿起课本，照着地图画出了这个世界的其他部分。她画了大概有四十分钟的时间，看着自己画就的地图，揉成一团，从女孩子桌上又拿过一张纸。她和那两个女生都埋头画自己的地图，我在旁边看着，一会儿看看这个画的，一会儿看看那个画的，再拿起课本对照一下。说实话，那两个高中生画得相当好，海岸线非常细致，每个岛屿的位置都准确。季阳把四开白纸折起来，画出了更小的地图，然后对着课本，仔细临摹出一张地图，她拿着橡皮不断擦去画错的地方。我们画了有三四个小时，我去买了两趟冰激凌，四个人说说笑笑的，歇会儿又接着画。季阳干得如此专注，根本没在意天已近黑透了。直到那两个女生收拾东西回家，季阳终于有了一张自己满意的作业。

"怎么样？"她向我展示那张地图。

"了不起。"我说。

她凝神看了看，撕碎了。

"干吗撕了呀？留着呀。"

"我记在心里就是了，以后我肯定能画出更好的。"

为了给季阳送行，我们喝了好几次酒，我对她喝酒的本事佩服得五体投地，常常是我喝得不省人事，她还意犹未尽，大家都觉得她出去留学是件值得高兴的事，纷纷说，你先去，等过两年我们到法国找你玩去，我们说这些话的时候，还不知道一年很快就会过去，很快又会过去一年。酒桌上有见过几面的朋友，也有新加入的朋友的朋友，越是喝到热闹的时候，我越觉得凄凉。有一次喝完酒，我送她去车站，我背对着公交车来的方向，忽然想跟她说，别去法国了，哪儿也别去了，话还没出口，车就来了，她在我脸颊上轻轻触碰了一下，转眼就跑到车上，隔着窗户和我挥手。

最后送别的那顿酒是在东直门的鬼市上，季阳穿着一件鲜红的裙子，捧着两束花，一束是百合，一束是玫瑰，她第二天中午就要坐飞机走了，所以喝得比较节制。她不闹酒，大家也都喝得比较节制。那天桌上来了个女军官，好像在军艺上学，里面穿了件短袖的军便服，外面套着一件外套，大热天这装扮实在奇怪，女军官解释，我总不能穿着军装跟你们在这儿喝酒啊。她的酒量好像更惊人，谁跟她碰杯，她都一饮而尽，但始终非常冷静。那天晚上，贝贝把那束玫瑰花的花瓣都揪了下来，捧在手里，她站在季阳身后，把玫瑰花瓣撒在她的脑袋上肩膀上，只一两秒钟，可看起来像持续了很久的玫瑰花雨，红色花瓣和红裙子映衬着季阳的脸，如此生动，又如此凄惨。我那种不祥之感再次袭来，我端起酒杯祝她一路顺风一切顺利万事如意平平安安。

第二天早上我醒过来，发现有一个女军官坐在家里，穿着短袖的军便服。

“你昨天晚上喝多了，你知道吗？”她说。

“怎么多了？”

“你太能闹了，你把人家饭馆墙上挂着的横幅给摘下来了，那上面写的是‘平平安安回家来’，你拿着那红色的横幅要跳舞，太寒碜了。”

“你给我送回来的？”

“是啊，半道儿上你还要喝酒，我们去超市买酒，你不记得了？”

她指了指门口的一个塑料袋，里面装着好几瓶啤酒，“你忘了吧？”

“抱歉，散德行了。”

“你德行大了，我给你背上来的，走不动道儿了都。”

“你给我背上来的？”

“你这点儿分量算什么吗？我是军人。”

这位女军人给我熬了一锅粥，买来四个油饼，自己吃了三个，喝了两碗粥，然后精神抖擞地上班去了。自此之后我再也没见过她，也不知道她的名字。但对她的酒量饭量和力量都印象深刻，有这样的军队保护老百姓，想想就觉得安全。是的，有些人能带给你安全感，有些人让你觉得不安全，季阳就像是一团火，远看觉得温暖耀眼，靠近了就会被烫着，虽然我没有试图接近过她，但我知道她是个不安全的人。

两个月后，我收到一张明信片，是埃菲尔铁塔，季阳在后面写了几句话，说她安顿好了，一切都算顺利，开始上课，每个星期天早上都会去巴黎城里走一走，那里好玩的地方太多了，有时间一定会去奥斯曼大街 102 号普鲁斯特的故居看看。又过了一段时间，我收到她的电子邮件，里面有她的照片，拍摄巴黎的街景，其中有一张是她在塞纳河的游船上，戴着墨镜，身体摆出婀娜的姿态，却看不到脸上的表情。我们大概一两个月才会往来一份电子邮件，她租的房子大概不到 10 平方米，是个小阁楼，里面有洗手间、厨房、一张床、一张桌子，她经常吃法棍，但我疑心，再好吃的法国面包要是天天吃也难以忍受，除此之外，我对她的生活没有太多想象。像酒桌上常常聚起来的一堆人，散开之后就谁也不认识谁了，我和季阳虽然还保持着联系，但也仅仅是联系一下而已。

到2011年9月11日那天晚上，我在家里看到纽约双子大厦被撞的消息，兴奋得睡不着觉，在网上转悠来转悠去地看新闻，忽然感到不安，季阳已经有一段时间没发过信来了，我那种不安感慢慢扩散开，我知道纽约和巴黎隔着十万八千里呢，她在巴黎念书，也不会忽然跑到纽约去。我给她发了一封邮件，问她最近如何，巴黎学生对“9·11”怎么看。这封信石沉大海没有回音，我起初还牵挂着，总盼着她早点儿回信，后来也就忘了这个茬儿。我相信她一切都好，在巴黎乐不思蜀，我们将这样相忘于江湖。

2004年春节，我前前后后凑出来二十多天假期，去云南走了一趟。我先去元阳看梯田，田野呈现出奇妙的色彩，好几位摄影爱好者在山上寻找最好的拍摄角度，等待最好的光线，他们所呈现出来的东西比我眼前所见更美。而后我又去了丽江，游人摩肩接踵，酒吧里的歌手总唱着伤心的歌。我去了虎跳峡，看大江奔涌，去了梅里雪山，而后沿着澜沧江走了几天，我看见很多个遗世而立的村庄，在山谷中，在陡峭的山崖上，迎着太阳洒下来的光晕，安静得仿佛没人居住。我看见不少湖泊，已经萎缩成一摊水，说得夸张一点儿，它们就像是一摊水迹，马上就要被风吹干，但还是有很多鸟儿把那里当作天堂，贪婪地围着，绝望地鸣叫着，却又无处可去。有一座造纸厂正在改建，他们不再向江河中倾泻废水，转而生产葡萄酒，有一座教堂正在翻盖，外墙看起来亮丽光鲜，却号称有上百年的历史。此前我曾去过瑞士和加拿大一些风景区旅游，所以总免不了粗略地比较一番，说实话，这里的景色壮美，但大自然赋予我们更多生存的艰辛。我回到香格里拉，在附近一座森林茂密的国家公园里逛了一天，在县城招待所住了一晚上，旅途劳顿，夜里忽然发烧，房间里冰冷，吃了两片阿司匹林也不出汗。第二天早上，我问服务员哪里有更好一点儿的酒店，她说，云想客栈，你们北京人都爱去云想客栈。听她的话，我以为那个客栈叫“云祥”，到电脑上查了一番，才发现云想客栈在旅行者中颇有名望，客栈老板是个北京人，绰号李大嘴，早年间出入各大公司做高级白领，忽然有一天自以心为形役，悟已往之不谏，知来者之可追，抛弃一大堆事业，跑到云南来开旅店。

县城招待所里那台电脑吱吱呀呀，怎么也看不到云想客栈的照片。我寻思，这李大嘴既然当过高级白领，又自己住在店里，屋子里至少该舒适暖和。我收拾行李，在招待所门前找了辆出租车去云想客栈，司机果然知道这家客栈的大名，却要五十块的路费，这价格足够跑出去一百公里了。可事实证明，司机没有多要钱。我们出了城，沿着一条公路走了有四十公里，转向一条盘山路，翻过两座小山，又走了一大段砂石路，眼前逐渐开阔，穿过几条溪流，河水上的木板桥被出租车压得颤巍巍的，最终跑了有八十多公里，到了一个藏族小村庄。此时，太阳不高不低地挂着，晨雾散去，这是群山环抱下的一片坡地，田地枯黄，几头牛呆立在田间，弯弯曲曲的小径上有几处玛尼堆，红黑相间的藏式房屋稀疏地构成一个村落，每家的院子都有高高的木架，晒着青稞。炊烟升起，犬声相闻，一条不知名的小河哗啦啦地蜿蜒着。云想客栈就是一处视野极佳的藏族房屋，一层是库房，敞着门，停着一辆破旧的吉普车，走木梯上到二楼，是客栈的前台，大厅里摆着十来个坐垫，隔出来厨房和餐厅，柜台里坐着一个藏族汉子，黑红的脸膛儿，笑眯眯地站起来。

“李大嘴在吗？”我问。

“老板回北京了。”藏族汉子的普通话非常标准。

我想这位隐士不老老实实地隐居于此，不免有些失望，但少了这位李老板，估计也能少说几句寒暄话，这个地方太适合孤独一阵子了。

“住店吗？”藏族汉子问。

“住。”

云想客栈只有三楼的四间房，房间号码是从 201 排到 204，冬天是这里的旅游淡季，但房价也要四百五十块，藏族汉子叫桑杰，一口咬定这个价格不能再低，他料定你大老远赶来不可能因为价钱谈不拢再折回去，可话说得又客气又委屈：“不给这个价钱，李老板回来会骂人的。”我问他哪个房间能看见河，他回答：“最好的是 201，第二好的是 202，201 有个姑娘住了，你只能住 202。”他说到有个姑娘住的时候微微一笑，露出洁白的牙齿，我在旅途中已经见惯了这种外表忠厚内心精明的汉子，交了一千块押金，拿钥匙上楼，进了屋子打开电热毯打开电热水壶，看了看窗外的风景，吃了一片阿司匹林，喝了两大杯热水，盖上被子睡觉，这一觉睡得晕晕乎乎，大汗淋漓。醒来时退了烧，肚子饿得咕咕叫。

桑杰坐在屋外的梯子上，对着一大片天地发呆，见我下来，问我饿不饿，然后起身去做面条汤，我就坐在梯子上，对着那片天地发呆。这是午后两点，阳光把一切都照耀得白茫茫的，一根烟的工夫，桑杰的面条已经做好，我在餐厅里吃完，浑身都有了力气。藏式房屋的窗户小，屋里暗，吃完饭我和桑杰又都坐到外面的梯子上晒太阳，像两个补充太阳能的机器人，旁边放着一壶酥油茶。我们两个有一搭无一搭地聊天，桑杰就出生在邻近的一个村庄，十来年前开始当导游，跑遍了西藏、云南、四川，学会了英语，旅游旺季的时候还会去当导游，冬天就待在村里，他把女儿送到加拿大，女儿十多岁，在那边上高中。

“你去过加拿大？”他问。

“去过。”

“我女儿护照过期了，你说该怎么办？”

我不明白到底是护照过期还是签证过期，但我知道桑杰的意思是怎么才能让自己的闺女合法地留在那里，这我可一点儿也帮不上忙。我东拉西扯地问了几个问题，桑杰三言两语就回答完毕，他还是喃喃发问：“我女儿护照过期了，这可怎么办？”这个汉子的表情忽然有些愁苦，他生长在这个美丽的地方，他的闺女也生长在这个美丽的地方，但他们好像并不满意能在这里天天晒太阳。

我转换了话题，问：“你不是说店里还住着个姑娘吗？我怎么没看见？”

“她早上就出去了。”

“去哪儿了？”

“就在附近村子吧，我们有一条很长的徒步路线。”他看看日头，

“快回来了。”

我决定就在门口等着那姑娘，看看她到底什么样子。下午四点，太阳还像两点时那么强烈，下午六点，光线稍稍变得柔和了一些，在这一大段时间之内，没有一个人走进我眼前这片广袤的空间，只有山上的影子在变化，只有水流的声音。季阳就这样忽然走进我的视野，她穿着一件红色的外套，拿着一根木棍充当登山杖，从远处看只是个红点儿，慢慢走近，她在我的视野中晃荡了有二十分钟，我心跳得越来越快，我本打算坐着不动，直到这姑娘走到我面前，但她走路的模样看起来非常熟悉，我和季阳毕竟爬过几次山，走过好多路，我不敢想象我能在这里遇见她，可她走路的样子让我不断疑惑：难道是她？别开玩笑了，哪里这么巧？好像真的是她？

我站起来，下了楼梯，迎着她走过去，她没有注意到我，我们之间相隔有四百米，我走得太快了，我心跳得太快了，我站在一座白色的佛塔边，向她挥手，她加快脚步，跑过来，在离我十米的地方停了下来，她没有说“My God”，她说：“我操，你怎么在这儿？”

“是啊，我在这儿。”

季阳的脸上有一抹健康的红色，笑得如此生动，像一朵开放的花，我们并肩走回云想客栈，只要我扭头看她一次，就觉得她的脸像一朵花，又开放了一次。我们有好多话不知从何说起，就不断傻笑，彼此看一眼就笑一下。桑杰看见我们如此快速地勾搭在一起多少有些吃惊，他说我们过一小时吃饭，季阳说她上楼收拾一下，我在门厅里回望日落光芒中的大地，还是不敢相信走上楼去的就是季阳。我要她回来，看着她，拉着她的手才能确认。

那天晚上我像个男主人似的坐在餐桌边上等季阳，桑杰像个仆人似的准备好饭菜，听我跟他絮叨我和季阳的北京往事，他开心地说：“那你们要多喝些酒。”我听见楼梯咚咚响，季阳洗漱完毕换了身便装，脸上笑得还是像一朵花。那天晚上我们喝了好多酒，起先在餐桌上，后来在外面，对着满天星斗，然后又在厅堂光滑的木地板上。她说她一年前回到北京，工作了一段时间，攒下了一点儿钱，这次打算从云南走到西藏，然后再去尼泊尔和印度，她要这样转悠半年。她问我要去哪里，这些年怎么样，其实这些话很简单就能说完，但我们好像一直在絮絮叨叨，说得支离破碎。桑杰交代我们锁好门，他这晚上要回邻村家里去睡，这样整个客栈就只有我和季阳，整个房子是属于我们的，外面的天地也属于我们。

外面是浓重的夜色，除了细碎的水流再也听不到任何声音，我们上楼，回到202，季阳就像一朵不断开放的花儿，屋里的空调费劲地吹着热风，但温度还是不够高，我们只有躺在电热毯上才停住颤抖，我们其实还有好多话要说，可谁都说不出来什么了，那天晚上，电热毯极热，我恍惚中觉得漏电了，我们抱在一起入睡，被身下涌来的热气蒸腾着。

第二天我口干舌燥地醒来，窗外已经天光大亮，季阳不在我身边，季阳也不在客栈里，按照桑杰的说法，她在凌晨五点半打电话给桑杰，要叫一辆出租车，她在六点多一点儿就收拾好行李，出租车一到门口就把那个50升的大包装上车，然后和桑杰拥抱了一下，上车离去。

“你要出租车的电话吗？”

我没听明白，桑杰又重复了一遍：“你要那个司机的电话吗？我有。”

我说：“算了吧。”

我在外面的梯子上坐了几分钟，回头问：“她跟你说什么了吗？”

“她要我告诉你，她走了，你要多保重。”桑杰站在我后面，好像要确认我情绪稳定，过了会儿，他问：“你们吵架了？”

我平息自己的愤怒，若无其事地说：“没有，她就是这样的人，神神秘秘的，不弄出点儿怪事来不行。”这么说着，我好像也原谅了她的不辞而别，季阳是一个追求戏剧效果的人，不把自己的日子过得像出拙劣的戏剧不罢休，她大概想用这种方式让我记住我们这唯一共度的夜晚，这个目的达到了。此后多年，我时常会想起这个夜晚，想起这个藏族村庄，并不是因为完美的性，我们那天喝多了，草草了事，夜里彼此又试探了一番，但睡意沉重。我之所以回想这个夜晚，是因为那个村落，是因为她在天地之间款款走来的样子，那个地方好像置于这个世界之外，我和她在这个世界之外相遇。

那年夏天我收到季阳的一封电子邮件，她说她在尼泊尔参加了一个为期十五天的徒步，每天都在山上走，看着环绕的雪山，真的不想再回到城市里。“每天穿着沉重的登山鞋，就像戴着一副盔甲，脱下鞋就像卸掉盔甲，浑身的力气也就消散了。如果这登山鞋像红舞鞋一样，那我宁愿不停地走下去。”

我回信说，你什么时候回北京，我们在北京一聚？你在尼泊尔、印度拍了什么好照片吗？发过来几张看看。她回信说她不带照相机，只想把看到的景色记在心里。我回信说，买个小照相机吧，让我跟着你看看这个世界。有一段时间我们通信比较频繁，但隔上一段时间，季阳又消失了。她再出现的时候换了一个地方，她说："我在德国，要从马德格堡去莱比锡了，1840 年 11 月 8 日，安徒生生平第一次坐火车，就是从马德格堡去莱比锡。"她说她买了一个照相机。"以后我坐火车的时候拍照片，或者拍一段视频，拍外面移动的风景，等积攒到一定数量，就把它剪辑到一起，这东西该多好看啊。"我回信说这想法真不错，要是真拍好了也许能参加艺术展。她像一个跳跃的小精灵，她在莱比锡的圣尼古拉教堂里看见一座木头十字架，那是伦敦遭受德军轰炸的废墟上的木板，战后英国人用它改造成十字架送给德国人，她在德国南方的森林里参观了马丁路德翻译《圣经》的小木屋，屋中的陈设和五百年前一样。她偶尔会发一两张照片过来，有火车外移动的树杈和天空，有街上某个孩子的笑容。

有时候她的信不谈论旅行，她问我还在学法语吗。"我虽然还读不了普鲁斯特，但我可以看其他一些法国小说了，最近法国最好的小说家叫勒克莱齐奥，他说，一看报纸就觉得世上的暴力事件奔涌到他的面前，外面躺满了尸体，到处都是罪恶。报纸上那些代表一块一块遥远地域的词，那些奇怪的和神秘的冒险梗概，都让人迷乱，全世界的人在这张纸上留下谜一样的历史事件的片段。"

我看了她的邮件，就去找勒克莱齐奥的小说，那时他还没有获得诺贝尔文学奖，中文译作并不多，我找不到也就忘了这个茬儿。实际上，季阳的邮件就是她留下的谜一样的历史片段，我有我自己的生活，满足于自己的生活，每隔几个月，看到季阳不知从哪个角落冒出来，讲述她的旅行经历，得知还有另外一种生活。据说，像她这样的人叫作“行者”，他们进入另一个国度，他们穿行于这个世界，却不属于任何一个地方，他们同在“旅行者国度”。通过互联网我能发现好多这样的人。有一个德国人，四十岁了，小时候看过一部意大利电影，迷上了里面的VESPA摩托车，他跑去意大利花一千两百欧元买了一辆四十年的老VESPA，骑着车从米兰跑到罗马，用了三个月，一路上慢慢消磨时间。还有个家伙，说年轻的时候听过斯汀的歌《俄国》，然后就认定俄罗斯是个可怕的地方，某一年他决定坐火车从莫斯科到海参崴，记录下途中的车站和火车上碰到的苏联朋友。还有一位英国老者，七十多岁，骑着一辆本田125，从当年殖民者在墨西哥的第一个据点出发，向南穿越美洲。还有个英国佬，1994年从伦敦出发尝试纯粹人力环游世界，他用四千八百多天折腾了四万多英里，到2007年把这事办完了。1998年，又有一个英国佬，打算就用双脚丈量世界，他从智利最南边出发，溜达到北美，过白令海峡，穿俄罗斯回英国。我在网上搜索这老兄的名字，他当时还在俄罗斯境内，他从冰冻的白令海峡走到俄罗斯的时候，人家根本不让他入境。这位老兄的网站上，有个招商的地方，希望有商家能给他这伟大的行程赞助，还有募捐的方式，用维萨信用卡，或者用支付宝，点击一下就可以送出去几十美元，要我看，这哥们是一边走路一边乞讨，这就是他的生活方式。我不敢肯定季阳也能完成类似的伟大行程，她行踪飘忽不定，一会儿在南美秘鲁境内看马丘比丘，过几个月，好像又到了巴西，过半年一年，她又到了美国。她的邮件总是寥寥几行，最多不超过四百个字。有时密集，每两三天就能看到一封邮件，也有长达一年的空白。

我有时会在想象中跟随她旅行，比如她说她到了南非，我就从图书馆找来一堆有关非洲的书看，我看过一本书叫《我留在非洲的房子》，是个英国佬写的，讲述他的祖辈在津巴布韦建农庄的历史。我回信会告诉她那座房子的遗址在什么地方，在谷歌地球先去搜索一番，这是我平凡生活中的小乐趣。但她的回信没有响应，她根本没去找那座津巴布韦的房子。我在 2009 年初收到她的一封信，说她回到了法国，加入了“无国界医生”组织，准备去非洲，给穷困的非洲黑人看病。过了段时间，她发来邮件说，她正在加蓬从事医疗工作，随身携带着七大本《追忆似水年华》，现在正在读第三本，在这句话后面，她随手敲下了一个 :)，微笑的表情，但在我看来，这个符号旋转了 90 度，真的变成了一张人脸，一只眼睁着一只眼闭着，嘴角带笑，完全是嘲笑。我看着这个符号，心想，我好端端的一个梦想怎么就让她给偷去了呢，就好像我埋下了一笔宝藏，她在旁边看着，到最后她把这笔宝藏挖走了。她此一时在喀麦隆，彼一时年在乍得，她写信来讲一些非洲见闻，那里的人吃鳄鱼，吃蛇，吃穿山甲和蜥蜴，讲战乱和贫穷让那里的医疗条件如何糟糕。我把她看成是一个英雄，超越了我所能想象的生活。

我在四十岁之后开始锻炼身体，星期天早上，天气好的时候，我就开车到妙峰山或者平谷，爬山或者徒步，呼吸新鲜空气，偶尔会非常猥琐地回想起一些年轻女人的身体，也会想起季阳，惋惜自己在云想客栈那个晚上喝多了酒，根本没能好好表现，更惋惜自己此后再无表现的机会和能力。有一天，在一处野长城，我被晒得发晕，忽然想起季阳的肋骨，想起我当年那种不祥的预感，想起“来日大难”四个字，我觉得她已经死掉了，除了一个雅虎邮箱的地址，季阳并没有更多还留在这世上的痕迹。当年在云南我遇见的不过是她的鬼魂，就像《聊斋志异》里的故事。四下是荒地，头上是晴空，我越想越可怕。

2010年五一假期，我坐地铁一号线去苹果园，打算上八大处转转。地铁车厢里涌入一帮小伙子小姑娘，打扮怪异，梳着朋克头，扎着耳钉，身上挂着各式链子。起先只有几十个，随着地铁西行，每一站都上来几十个这样的年轻人，最朴素的打扮也是一条埃迪哈代的牛仔裤，这趟地铁大概汇集了几百个北京的小朋克，向着苹果园方向飞驰。这是一拨崭新的年轻人了，他们要到郊外一个雕塑公园参加音乐节，有个国外的大牌朋克乐队前来演出。我跟着他们在古城站下了车，站台上过道上满是时髦的孩子，呼朋唤友，我夹在其中很是兴奋，离演出场地还有两公里，就能听见轰鸣的音乐。我放弃爬山的计划，在那个公园消磨了一天，虽然我根本不知道舞台上的乐队叫什么，唱的是什么，但那一天过得极其舒畅，好像坐上地铁一号线往西走就能返老还童回到十几年前，往回坐又变得成熟起来。我留意各种音乐节的信息，很快就去顺义参加了一个，又注意到在怀柔某处野长城脚下还要举办一个，演唱的是几个年轻的本土的摇滚乐队。

星期天早上，我奔怀柔而去，一路上看见不少小车都兴高采烈地开过去，其实，从汽车的外观上，不可能看出驾驶者是什么心情，也不知道他们要奔哪里去，但那天有点儿怪异，每辆开赴音乐节的小汽车都扭动着屁股，好像在说我要去听歌我要去听歌。音乐节在一个山谷里，山脚下搭建了舞台，观众席就是一大片草地，观众准备充分，带着防潮垫，带着帐篷，在草地上找一个舒服的地方扎下来。舞台上的歌手自顾自地唱着，下面的观众自顾自晒太阳，每逢一曲终了也响起掌声和口哨声。我准备不充分，在草地上坐了会儿，露水就把屁股弄湿了，我站到离舞台更近的地方，认真听了两首歌。忽然感到有个姑娘盯着我看，我有点儿不自在地扫了她一眼，接着听歌，但那姑娘的眼神像探照灯一样，我转过头再看，这回认出来了，是贝贝，她那两个大眼睛直愣愣地盯着我。她穿着一条花裤子，一件白衬衫，头上扎着一条黑丝巾，右手拿着一个小相机，左手拿着一罐啤酒，看上去和她十年前的样子差不多。

我冲着她响亮地吆喝："嘿！嘿！"

她走过来，有些拘谨："我看你半天了，没太敢认。"

"我胖了。"

"没胖，沧桑了。"

"你没怎么变，还那样儿。"

贝贝有点儿害羞地笑了。音乐声吵闹，我们几乎是扯着嗓子在说，她拉着我的胳膊往后走，“你跟谁来的？”

“我一个人。”

“那你还真有瘾。”

“你们几个人？”

“一大帮呢。”

我们走了有两百多米，穿过散坐在草地上的观众。在远离舞台的一处坡地上，有四五个帐篷连在一起，地上铺着一大块塑料布，摆满了啤酒，冰桶，各式小吃，矿泉水，十来个男男女女坐在那儿，聊着天喝着酒，贝贝用手画了个圈：“一帮朋友。”我只得笼统地点了点头，确认这帮人里没有熟悉的面孔。

她给我拿了一罐啤酒，拉着我坐在防潮垫上：“你喜欢这乐队吗？”

“我第一次听，以前不知道。”

“他们唱得一般。我刚才就坐在这儿，说过去随便拍两张照片，结果就看见你傻站那儿了，你怎么样啊？”

“挺好，挺好。你怎么样啊？”

“也挺好。”

我们有差不多十年没见，见了面有点儿拘着，好像一句“挺好”就能应对。完全是为了打破尴尬，我问：“季阳怎么样？你跟她最近有联系吗？”

贝贝把手中的啤酒罐捏扁：“别提她，别跟我提她。”

我有点儿不知所措，不知道她们俩之间发生了什么不愉快：“怎么了？”

贝贝欠身又拿起一罐啤酒：“她跟你还有联系吗？”

“有一点儿。她在非洲。”

“她在非洲干吗？”

“她在给无国界医生组织干活儿吧，在乍得，还是在喀麦隆啊。”

贝贝哈哈大笑，一口酒差点儿没呛出来：“她在非洲？季阳说她在非洲？”

旁边的朋友们看看她，对我们的谈话内容没什么兴趣，显然他们不知道季阳是谁。

“怎么了？有什么问题吗？”我问。

“没怎么，丫是在非洲，丫最好在那儿。这个大骗子神经病。”

我有点儿糊涂，当年贝贝和季阳过从甚密，贝贝说话老故意有点儿粗野，时不时有点儿保护着季阳的架势，我们一起爬香山的那个凌晨，我能看出来，贝贝早就不耐烦了，但她纵容季阳胡闹，害怕她有闪失，就一直陪着她。现在她恶语相向，让我有点儿吃惊。

此时有个台湾老歌手走上舞台，他是我们多年的偶像，这些年在大陆举办了很多次演唱会，终于把我们的热情透支完毕，但我们还对他保持着足够的尊重，周围坐着的人纷纷起身，贝贝拉着我朝舞台方向走过去，此时也不好多问什么，我们先听他演唱《野百合也有春天》。舞台前站了有两千多人，那些打扮更年轻更时髦的孩子站在外围，不咸不淡地听着，拥在前面的是四十岁上下的人，还时不时呼喊着偶像的名字。

然后，他唱起来，穿过你的黑发的我的手，贝贝在我身边也跟着唱起来，穿过你的心情的我的眼，我也跟着哼哼，如此这般的深情若飘逝转眼成云烟，气氛渐渐热烈起来，总有几百人跟着一起唱，搞不懂为什么沧海会变成桑田。我感叹造化弄人，我和贝贝，还有周围这些人，肚子里大概都有一堆沧桑往事，有一堆难以言传的微妙感受，谁和谁都不一样，可我们的心情在合唱时由复杂变得单一，我们的情感在这里被统一表达成为“转眼成云烟，沧海变桑田”，他好像唱出了我们的心声，可当歌声平息，如海潮平息，我们各自翻腾出来的那点心事如海草碎屑，开始在看不见的浪底滚动。

贝贝大声唱着歌，面目有些狰狞，她比十年前要显得凶狠一些，当年她也有股混不吝的劲儿，可底子还是个小姑娘，现在是不怒自威的范儿，哪怕唱着温柔的情歌，也让人不敢靠近。老歌手唱了有四十分钟，转身下台，我们这些粉丝也知道昔日不再，没有呼唤他返场，把舞台前面的地方空了出来。贝贝跟我往后走，不时扭回头看一眼舞台，舞台上空荡荡的，还没有新乐队出来。

我们钻到一个帐篷里头，贝贝说要躺会儿，她问我是打算当天晚上就回去，还是要住一晚等着看第二天的演出，我问第二天的演出都有什么人，她说了几个乐队和歌手的名字，我说：“我都不知道，有什么特别的吗？”贝贝逐一点评了一番，然后说：“其实也都没什么意思，就是大家住一晚上好玩。”

贝贝在帐篷里头躺着，我屁股坐在帐篷里头，脚搁在外头，抽了根烟。这是午后阳光最强烈的时候，草地上弥漫着啤酒味儿，帐篷也被晒出来塑料味儿，贝贝忽然又坐起来："季阳说她在非洲？她怎么说的？"

我掉回头坐到帐篷里："她说她回法国参加了无国界医生组织，然后去喀麦隆、乍得了，这一年多都在非洲。"

"胡他妈说。"

我看着贝贝的大眼睛，从她的眼睛里能看见我的影子，像个小镜子。她的眼睛瞪着，问我："她去年跟你说的？"

"对，去年。"

"去年她在北京。她跟我说，她要去法国学葡萄酒，她有这方面的天赋，别人的味蕾每平方厘米只有几百个，她有四千个，她怎么测得出来她有四千个？"贝贝伸出了舌头，又缩回去，"她还说葡萄酒这行业现在好做，学回来就能找一个好工作，又能喝酒又能工作。"

"她要去学葡萄酒？她当年在法国待了好几年，都学什么了？不是经济吗？"

"说是去学经济，到那里一看，学经济的中国留学生特别多，全是混文凭的，她又不学了，要去学中世纪神学，这不是扯淡吗？学了一阵儿又学不下去，太难，说要学欧盟政治，反正她在那边混了两三年，屁也没学成，什么学位也没拿到，就回来了。"

"那也挺好，干吗非要有个学位呢。"

"要我说也挺好，找俩法国男友谈谈恋爱，在巴黎混两年，当然好了。可你不能老他妈不靠谱啊，去年她就在北京，折腾她那房子的事儿，你知道她爹妈给她买了处房子，就想让她安下心来好好工作，每月挣个万八千的也不是难事，有房子就不发愁，可她去年非要把那房子卖了，你说这人得多孙子，她爹妈花六十万买的房子，她卖了两百多万，给她妈差点儿没气死。”

“这不赚钱了吗，赚钱还生气？”

“她爸她妈就不同意卖房子。她爸当年用她的名字买的房子，她要卖，她妈就和她吵架，最后她说，卖了房把当初的六十万还给你们，多孙子啊。”

“这是谁跟你说的，这都是人家里的事。”

“她妈跟我说的，老太太打电话给我，让我劝劝她，别出国了，在家待着，老太太直哭，说房子卖了就卖了，我也不生她的气了，求她在北京待着就行。老太太每礼拜给我打三个电话，说你们两个从小长大的，你帮我劝劝她，老太太一边说一边哭，这叫什么事儿啊！”贝贝的大眼睛里忽然流出两行泪，她掏出纸巾擦眼泪，把纸巾攥在手里。

“你是说，她去年一直在北京？”

“在北京，她一直折腾房子的事儿，和家里吵架，和男朋友吵架。”

“那她去哪儿？”

“不管，爱去哪儿去哪儿，反正丫最后拿了一百多万，给她妈留了点儿。”

“怎么就爱去哪儿去哪儿，你不是她闺蜜吗？”

“早不是了，她欠我钱，有了钱也不还，太孙子了。”

“她欠你钱？欠你多少钱？”

“有十多万吧。”

我有些愣神，贝贝也停下来开又一罐啤酒，她喝了一口，又放下：“她没管你借过钱吧？别借啊！”

“没有，要我说，借就借呗，咱们都出点儿钱，让她周游世界。”

贝贝一口酒差点儿没呛着：“你牛逼！”

“不是牛逼，我是说，反正我就瞎混了，她要是有梦想，那我支持。”

“你这是站着说话不腰疼，我不是在乎我那点儿钱，我借钱给她是想让她安定下来，不能由着自己的性子胡来，我们都不小了。”贝贝口气缓和下来，有一股哀怨的味道。

“她到底去哪儿了呢？”

“去法国了，我春节的时候给她妈打过电话，她去年12月走的，说是去法国学葡萄酒了。”

我迅速总结出了一个时间轴，2009年初，我收到季阳的电子邮件说她在法国加入了无国界医生组织，大概几个月后，收到她的邮件说她到了非洲，还带着普鲁斯特的小说看，然后她还说到了乍得，但是，按照贝贝的说法，季阳这一年一直在北京，卖掉了一套房子，到年底去法国学葡萄酒。贝贝的证人有季阳的母亲，也许还有她父亲，我这边没有一个证人，我觉得荒谬，我把季阳当成个超越平凡生活的英雄，没想到她把这平凡生活搞得一团糟，让家人生气让朋友反目，如果这是为了拯救非洲倒也罢了，她居然是去学葡萄酒。我恼怒的不是季阳骗了我，或者她借钱不还，我散发着无名怒火，又平静地想清理出一个更长的时间轴，季阳是2000年秋天出去留学，两三年返回，然后她干什么了？我们在2004年初在云南相遇，她说她要去印度和尼泊尔，此后她发来的信是周游世界，行踪飘忽不定，事实上我根本不能确定这些邮件的真伪，它们可能都是季阳编造出来的。

“她管你借钱是什么时候？”我问。

“好多次了，一次几万，有时候就几千，我记不清了，这几年一直借，从来不提还钱的事儿。算了我不说了，她有毛病了，她有妄想症，她一会儿说北京不适合她一会儿说要去苏州工作，从来没有一个工作能做满半年，三个月都不行，然后就说她有一帮外国朋友要去墨西哥，她也要去，她嘴里怎么就没实话呢。她有毛病了，真的，是病，算了，我不说了。”

我和贝贝喝了一下午啤酒，听她说了说她的丈夫和孩子。天色暗下来，我睡了一觉，晚上十点，外面更热闹，演出正进入高潮，贝贝一圈朋友在外面用酒精炉子煮方便面吃，草地上都是喝大了的人，叫喊着奔跑着。山谷的夜晚气温较低，我决定还是开车回城，我要了贝贝的电话号码和邮箱，说好回头再联系。

回家之后，我把季阳的邮件找出来分析，记录下时间和地点，早些年的邮件早就在电脑中消失，最近这几年的我都存着呢。我发现一个问题，有些邮件，季阳并没有说“我到了巴西”，“我在秘鲁”，她只是说，“巴西的内陆很少有旅行者光顾，但这里景色壮美，有一本书写的是16

世纪的巴西，名字叫《内陆》”，或者“聂鲁达当年走遍了南美大陆，给这里每一处地方都写了赞美诗，当然，他也歌颂过马丘比丘”，也就是说，我完全可以把它当作读书笔记来读，季阳也许在诚心误导我，但不算骗人。另一些邮件就可能是编造，她说“我遇见一个黑人”“我在红海边晒太阳”如何如何。我整理好一份表格，想让贝贝也做这样一份表格，列出她所知道的季阳的活动时间，两相对照就能看出季阳的漏洞，我给贝贝打电话，她很不耐烦地说，有必要吗？你这是干吗？你要想知道更多，找她父母谈谈去，季阳好多事情我也不知道真假，她父母知道的肯定更多。

过了两天，贝贝发来一条短信，内容是“季阳2003年5月回来的，她在北京找了工作，干了半年就辞职了，她说要去印度修炼，她那一阵子迷上印度教，差点儿没死在印度，天天拉肚子，食物中毒，回来之后休息了几个月，然后还要去印度”。

我在我的EXCEL表上注明这一点，这样我就确认我在云南遇见季阳的时候，她还神志清醒，没什么不正常，我这想法非常自私，不过那天早上她不辞而别，的确有点儿疯疯癫癫，我可不愿意和一个疯疯癫癫的婆娘有关系。我想回信告诉贝贝，我曾经在云南碰见季阳，这样做是为了从贝贝那里套出更多的话来，可这样做实在卑劣。我虽然自私，但还不好意思使用太卑劣的手段。贝贝后来又发来两条短信，其中一条说季阳曾经开车穿越美国，还有一条说季阳在北京谈过一个很好的男朋友，两人都快结婚了，最后季阳还是跑掉了。我发现时间真是一片混沌，我无法理清季阳这些年的生活轨迹，有些事前后颠倒，有些事真假参半，我把我的EXCEL表发给贝贝，很快收到贝贝的回复：“你是不是有病啊？你TM做这么个表干什么！她又没骗你什么！你可真无聊！”

我想回信给贝贝解释一下，准备了一套说辞还是觉得有点儿自欺欺人，这封邮件在草稿箱里保存了一个多月，最终还是删除了。我说服自己，季阳没有骗我，她只不过把她的想象跟我分享，如果她需要一个人充当她的观众，好让她亦真亦假的表演更好地进行下去，我倒不在意被她选中当这个观众。一个人想成为另一个人，一个人不满足于只做他自己，一个人不想生活在这样一个地方，他想去另一个地方，到了另一个地方又想去另一个地方，季阳的行为也寄托着我的梦想，去津巴布韦看英国人的老房子，在非洲帮助一个贫穷的病人，同时意识到更大的局限，感叹无数前人的似水流年，想着有很多人已经去了那么多地方，想着有很多人已经死去，想着这辽阔世界注定有许多地方我们无法踏足，这么想着又回到自己的悲哀。我也幻想有另一个世界，幻想季阳能实现她的英雄梦想，我想起在云想客栈那天晚上，季阳和我说，灵魂是物质的，与躯体共生共灭，如果一个人的灵魂想到处走走看看，他的身体就必须跟上。

我不埋怨季阳骗了我，却陷入了一种更黏稠的状态。有一天我读到了一个小说，题目叫《离我而去的娘们儿》，我忽然想把季阳写下来，随即发现她并不是离我而去，她没离去，我和她只不过偶然碰到。后来我又读到一个小说，题目叫《我一个人活在世间》，也许哪一天季阳自己想写回忆录，她可以用这个题目，她一个人活在这世间，妄图摆脱一切羁绊，她可以将自己真真假假的经历编织在一起。我在某天夜里忽然开始读《追忆似水年华》，我知道，如果老幻想着学会法语再去读它，那我一辈子可能都不会读它，它是那么一大坨，好像写出来就不是为了让你读完，而只为显示某一个生命的存在。

有一个星期天的早上，我在北京郊外爬山，山顶上下起了雪，雪花一朵朵飘落着，好像能看到晶莹的棱角，我明确地感到，所谓过去、未来都是幻觉，我喜欢的季阳早已有了归属，且是安定的所在，无论在哪里，都一样笑得生动，无所畏惧，我打算把我认识的这个姑娘描摹出来，不管她在哪里，不管她有怎样的自我期许，不管她的梦想有多少未能实现，不管她的谎言或欺骗，也不管我将要流露出来的自怨自艾，我把她写出来，带着我的爱与羞怯。

图书在版编目（CIP）数据

星期天早上的远足／苗炜著．—南京：译林出版社，2019.4

ISBN 978-7-5447-7676-9

I.①星… II.①苗… III.①短篇小说－小说集－中国－当代 IV.①I247.7

中国版本图书馆 CIP 数据核字（2019）第 012602 号

著作权合同登记号　图字：10-2018-355 号

星期天早上的远足　苗　炜／著

责任编辑　王　维
装帧设计　韦　枫
校　　对　孙玉兰
责任印制　董　虎

出版发行　译林出版社
地　　址　南京市湖南路 1 号 A 楼
邮　　箱　yilin@yilin.com
网　　址　www.yilin.com
市场热线　025-86633278
排　　版　南京展望文化发展有限公司
印　　刷　恒美印务（广州）有限公司
开　　本　850 毫米 ×1168 毫米　1/32
印　　张　8.25
插　　页　4
版　　次　2019 年 4 月第 1 版　2019 年 4 月第 1 次印刷
书　　号　ISBN 978-7-5447-7676-9
定　　价　48.00 元